向讲述一切的人讲述虚无

[葡] 费尔南多·佩索阿　著

徐慧　译

Tell nothingness
to those
who tell everything

Fernando Antonio Nogueira
De Seabra Pessoa

用 文 字 织 就 的 一 个 梦 ， 一 个 汪 洋 恣 肆 的 精 神 世 界

南方出版社

·海口·

佩索阿

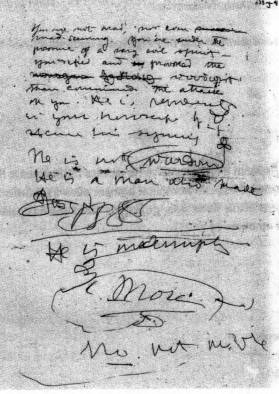

佩索阿手稿

ENGLISH POEMS

I—II

BY

FERNANDO PESSOA

—

LISBON

佩索阿《英文诗集》书影

佩索阿像

阿尔玛达·内格雷罗斯发表于《俄尔甫斯》杂志

佩索阿在里斯本的街上

里斯本佩索阿纪念馆

里斯本街头采用佩索阿形象的人行横道标志

CONTENT

目 录
CONTENT

阿尔瓦罗·德·坎波斯的诗

Alberto Caeiro

/081

阿尔贝托·卡埃罗的诗

里卡多·雷耶斯的诗

/241

关于费尔南多·佩索阿

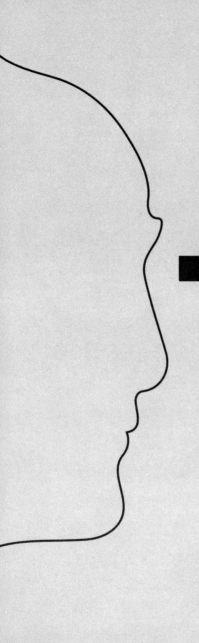

阿尔瓦罗·德·坎波斯的诗

Alvaro de Campos

香烟铺

我无疑是虚无的。

我注定会永远虚无下去。

我不想成为其他任何。

然而我身上存放着世界所期待的全部。

我的那间屋子，

世上无数间屋子之一，谁也不知道谁住在那里

（哪怕有人得知，那又得知了什么？），

它的窗户底下是一条人来人往的路的秘密，

是一条不与种种思想相通的路，

既真实又不真实，既确定又不确定，

裹挟着石子与事物之下的秘密，

裹挟着浸湿墙壁、染白头发的死亡，

裹挟着令万物马车驰往虚无的命运。

我今时今日一败涂地，如同参透了世间真谛，

香烟铺

Alvaro de Campos

我今时今日清醒无比，如同死亡步步逼近，

我和任何事物都已无关，唯有说声再见，

那条路与这间屋子的这一侧化身为

列车的一节车厢，离别的汽笛被拉响

在我脑际回荡

离开月台的时候，我身骨在冲撞，心神在荡漾。

我今时今日满腹不解，如同一个有过思考，

有过探究，却没有任何记忆的人。

我今时今日被忠诚与感觉一分为二，

所谓忠诚

是之于路对面的香烟铺，真实存在于外的忠诚

所谓感觉

是之于梦幻的一切，真实存在于内的感觉。

我输得体无完肤。

因为我没有目标，获胜者大概是虚无。

我不顾过往所学，

从后窗跳了下去。

我的伟大蓝图转移到了乡野。

可被我撞见的皆是草木，

那为数不多的人，无异于其他任何人。

我转身离开了窗，坐回椅子上。

又有什么记忆会卷土重来？

这个我，不曾懂得我是什么，

又如何懂得我未来会是什么？

我想变成什么呢？数不胜数啊！

人们想成为的大多一样，但人人如愿是不可能的！

变成天才吗？这一瞬间

做着天才之梦的脑袋要以十万计吧，包括我在内，

不过他们不会被历史铭记，无论哪一个，

他们在梦中夺得的战利品，不过是积少成多的垃圾。

香烟铺

不不不，我信不过自己。

精神病院中满是疯子，他们无不带着很多确定性！

但我毫无确定性可言，

我是愈加确定，还是愈加不确定？

都不对吧，我无法确定任何东西……

在这世间数不尽的角落，不管是不是在阁楼里，

这一瞬间，那些自命不凡者难道不在梦里？

如此多真正意义上的

明确、崇高、宏大的志向

——的确是真正的明确、崇高与宏大

能不能实现，谁知道呢！

它们会永无出头之日，一直找不到

心仪的双耳吗？

世界属于天生的征服者，

不属于想要征服的梦想家，哪怕他们没有一点错。

在梦境之中，我的想法与行动甚至多过了拿破仑。

香烟铺

Alvaro de Campos

我将人性输入想象的胸口，分量多过了基督。

我暗暗创造了哲学，超越了康德的范畴。

然而，我就是阁楼里的家伙，甚至以后会永远如此，

就算我并未在那里过活。

我生而无用，且会一直这样下去；

我怀才不遇，且会一直这样下去；

我等着没有门的墙自己打开，且会一直等下去。

在鸡笼中，唱响无穷之歌

在有盖的井中，聆听上帝之声。

信任自我？不不不，不如信任虚无。

让自然洒下属于她的阳光雨露，

落在我热气腾腾的额上，

让风儿吹拂我的头发，

或许还会有别的什么降临，要是它愿意的话，

可能注定会到来，也可能注定来不了。

香烟铺

Alvaro de Campos

星星是心脏生病的仆人，

我们尚未睡醒下床，世界便已被它征服，

我们睡醒时，它渐渐淡去，

我们下床时，它换了个模样，

我们来到户外，它俨然成了地球

太阳系、银河系，乃至无穷尽。

（小女孩，来口巧克力呀！

听我的，这个世界的形而上学都比不上巧克力，

一切宗教与教育的总和也无法超越糖果店。

吃吃看吧，邋遢的小女孩！

我若是能如你一般，为了相同的真理吃一口巧克力该

多好！

可我却一边将那古怪的银锡纸打开，一边思索着什么，

它被我抛弃在地，如同我的生活。）

好在凭借那永远无法成功的苦闷，

我得以写出诗句，

经由一条支离破碎的路，去往无法到达之处。

好在我以哭泣的姿态

将身上的脏衣——并非褴褛——

抛入了事物的演进中，

而我光着身子待在家里。

（啊，安慰我的人，你虽然不存在却安慰了我，

你大概是希腊女神，你的塑像被打磨得栩栩如生，

你大概是罗马名媛，你的高贵与放纵是那么难以言说，

你大概是吟游诗人口中的公主，美得如此优雅，如此
迷人，

你大概是十八世纪的侯爵夫人，祖露着胸口与香肩，

却又只可远观，

你大概是父辈时代的名妓，

香烟铺

Alvaro de Campos

你大概是时代的弄潮儿，

你的身份，我不确定——

不管你是其中哪一个，或是别的，

你若有灵感可给我，就请来找我！

我的心好似被打翻的水桶。

如同求助者向仙子求助，我向

自我求助，却只得到了虚无。

我来到窗前，街道以绝对清透的模样映入我的眼帘。

我看清了香烟铺，看清了人行道，看清了飞驰而过

的车，

看清了披着锦衣华服的生物穿行其间。

我看清了那还没有死去的狗，

一切横加于我身，犹如一场审判以被放逐告终，

可是种种都和我毫无关系，正如其他所有事物。）

我曾拥有过生活，学习，爱情和信仰，

而今却妒忌着所有乞丐，因为我不是他们中的一个。

我所见是他们个个鹑衣百结、满身疮痍，表里不一，

我心下琢磨：你大概不曾拥有过生活、学习、爱情或

信仰

（也有可能，无为即有为吧）；

你大概只是曾经存在，如同蜥蜴断掉的尾

蜥蜴的尾离开了身体依旧会动。

我让自己成了自身无法掌控之物，

我可以成为自己，却放弃了行动。

我选择的道具出了错

以至于立刻被他们看出我不是某某，

我无力反驳，无所适从。

我想把面具拿下来，

可它已与我的脸弥合

我终究还是取下了它，望着镜子里的面孔，

我发现，我老了。

香烟铺

Alvaro de Campos

我难当醉意，想不明白自己怎么会沦陷在还没卸下的
面具里。
扔掉面具，我在衣帽间睡下
如狗一般，以没有危害换取了管理者的忍耐。
我要让这个故事跃然纸上，
我要证明自己举世无双。

我这些没有用的诗，透着歌的本质，
得见了你，就得见了我一手创造的
某个物质，而不用一直盯着对面的香烟铺，
踩着与生命存在有关的意识，
如同踩着令酒鬼颠仆的地毯
或是踩着被吉卜赛人盗取的不值钱的擦鞋垫。

然而香烟铺的老板已走到门口站定。

我稍稍侧头，拘谨地注视他，

同时被抽紧了一半的心生出了不满。

他难逃一死，我亦复如是。

而留在人世的将是他的店招和我的诗。

他的店招在劫难逃，我的诗亦复如是。

最后，他的店招所在的街道会消亡，

我的诗所用的语言亦复如是。

而后，爆发了这一切的旋转星球会万劫不复。

某种类人之物会在其他星系的其他星球上

继续如诗如歌的创作，而且存在并活着

在店招之类的东西底下，

往往是此物朝着彼物，

往往是彼物像此物那般毫无用处，

往往是不可能出现的，和真实存在的同样离奇，

往往是内在的隐秘，和同尚未苏醒的外在奥秘同样

真实，

香烟铺

Alvaro de Campos

往往，是这个就不是那个，又或者，不是这个也不是
那个。

有位男子进了香烟铺（买香烟？）
让人拍手叫好的真实猛然出现在我眼前。
我的身体离开了椅子
振奋地、自信地、本能地
努力写诗，展示事物的另一面。

我点燃香烟一支，再把诗句苦想，
伴着香烟，体味所有思绪的无拘无束。
我的眼睛循着烟的踪影，仿佛追随着我生命的痕迹
我在观看这多疑而充足的一刹那，
忘记了一切思考与领悟：形而上学来自坏心情。
此后的我更进一步地窝在椅子里
接着抽起了烟。

命运要是不反对，我会继续抽下去。

（和洗衣女佣之女结婚，可能会让我开心。）

我离开了椅子，来到窗前。

男子已走出了香烟铺（零钱放在兜里？）

哎呀，我认出了他：埃斯特维斯可不接纳形而上学。

（老板又在门前出现。）

埃斯特维斯在非同寻常的直觉下转了个身，目光触及

了我。

他挥舞的手是在道别，我冲他喊着："埃斯特维斯，

再见！"

宇宙复归之处，无希望也无理想，

而香烟铺的老板

笑意阑珊。

1928 年 1 月 15 日

云朵

Alvaro de Campos

生活在颓丧的生活中，比生活更颓丧的是我的心……

与道德及市民责任有关吗？

与充斥着责任与因果的繁杂的网有关？

不，无关乎一切……

颓丧的生活，某种面向万物的漠然……

不真实……

在游玩的另有其人（我也曾游玩过），

在日光下的另有其人（我也曾站在日光下，至少冥想过），

拥有目标、生活、对称的无知，闲适、满足，友情的，另有其人

他们搬到别处，只为某天回家或不回家，

乘坐简单的船，他们被送来或送走。

他们毫无察觉，每一次别离都暗藏着死亡的危机，

在抵达目的地之后的迷茫之中，

云朵

在一个个新事物出现后的惊恐之中……

他们毫无察觉：这也是他们成为金融家与委员的原因，

无异于官员们，完成工作，歌舞升平，

招摇过市，昼日三接……

他们毫无察觉——为何会毫无察觉？

上帝牛圈里的牛出逃了

披上外套兴高采烈地走在路上

被祭之以礼，还得到花环做装扮，

开心雀跃地享受着阳光的温暖，心满意足地感觉着

所感觉到的一切……

让他们前行吧，只是我不曾有花环，却要与之同行

去往相同的地方！

一路同行，我没有可被我感知的阳光，可被我拥抱的

生活，

一路同行，我也没有属于他们的无知……

云朵

Alvaro de Campos

生活在这颓丧的生活中，比生活更颓丧的是我的心……

颓丧的生活，日复一日……

这无以复加的颓丧的生活……

1928 年 5 月 13 日

在太阳与星辰之后，我也破裂了。我任由世界远离。

我背负着所知之物的背包，走向深远的地方。

我四处游走，买下没用的东西，找寻混混沌沌的事物，

但我的心脏没有变：一片天，以及一片沙漠。

我不懂我为何物，需要何物，又发觉了何物。

我没有灵魂可保留，不管是在光芒中醒来，还是在黑

暗停止呼吸。

我有的只是厌恶、想象及企图，别无其他。

我从远处将事物挪走，然后接着上路

只因我察觉出自身深切的愉悦和真实，

好似世界的车轮被人啐了一口。

1928 年 11 月 1 日

笔记

我的灵魂，像那只空花瓶一样分崩离析了。

它从楼梯上滚落，是无法挽回的事。

它原本在那个莽撞的女孩手里。

它掉在地上，变成了很多碎片，比花瓶中的碎瓷片还要多。

信口开河吗？怎么可能呢？我也不敢肯定啊！

我感觉到了更多的感觉，相比我是自己时所感觉到的。

我就是那满地碎片，滚落在需要颤动的擦鞋垫上。

我的堕落，伴随着那只花瓶的破裂声。

诸神在楼梯扶手处探出身子

望着我被他们的少女变成满地碎片。

他们不曾迷恋她。

只是仁慈而已

不过是空花瓶一个，除此之外我还能是什么？

他们注视着那些有意识的可笑的碎片——
那意识不是诸神的，而是它们的。

他们看着，带着一丝笑意。
仁慈的微笑是给那笨女孩的。

硕大的楼梯在蔓延，铺陈着星星地毯。
一枚碎片在闪烁，朝上的是耀眼的那面，在好似天堂的
身体之间。
我的使命在哪儿？我起初的灵魂在哪儿？我的生活又在哪儿？
碎片一枚罢了。
诸神疑惑地盯着它，不懂它为何会在那里出现。

1929 年

里斯本有颜色各异的房屋

Álvaro de Campos

里斯本有颜色各异的房屋，

里斯本有颜色各异的房屋，

里斯本有颜色各异的房屋……

由于颜色各异，因而单一，就好比，因为

感觉丰富，所以我只思考，没做其他事。

晚上躺在床上，清清醒醒

深陷无法入眠的毫无意义的明净，

我尝试着想些东西

却总有别的事出现（我渴望睡去，

且正要睡去，渐渐如愿地睡去）。

我尝试着将思绪的范畴扩大至

荒诞的程度，触及棕榈林，

然而所见的却是

仿佛在眼皮中某个东西之上

里斯本有颜色各异的房屋。

我之所以笑，在于躺在这儿的是其他某些东西。

因为单一，所以各异。

同一时刻，因为是我，我睡去从而忘记，忘了存在的

自己。

我没能留下，我已忘记，我已睡去，

唯见，里斯本有颜色各异的房屋。

1934 年 5 月 11 日

回家

Alvaro de Campos

最后一首十四行诗，已是多年前的事，
但不管怎样，我还想再做一次尝试。
十四行诗是小时候写的，而如今
我的小时候不过是暗点一个而已。

我被它抛弃了，在那没有运动也没有意义
的我的火车旅行中。
十四行诗如同某个住在我脑袋中的人（到今天已有
两日）
一直在思考着什么。

感谢上帝，我不会忘记
它也用了十四行，一样的长度，
向人们展示了它们在何处
······

回家

然而人们在何处，我又在何处？

我无从知晓，也不在乎，

而我所知的一切，大概会一塌糊涂。

灯塔矗立在远方

灯塔矗立在远方

灯猛地变亮

以飞快的速度归还的黑夜和死亡，

在这个晚上的这个甲板上——

无数苦痛被它们掀起！

为了那被抛在身后的事物

我们所感到的最后的悲哀，

凭空的臆想……

灯塔矗立在远方……

生命变幻莫测……

那猛然弥漫的光已缩了回去，

在我遗失的迷茫的目光中闪亮。

灯塔矗立在远方……

生命不为任何目的忙碌。

探究生命不为任何目的忙碌。

探究着探究生命不为任何目的忙碌。

我们渐行渐远，灯火也渐渐不再闪亮。

灯塔矗立在远方……

有人会书写

"他大概是……"的故事吗？

假如有人这么做，

那便是属于人类的

真正的故事。

存在的，并非你我，

而是眼下这个真实世界，

且唯有这个世界。

我们，其实不存在。

我，是我无法成就的那个我。

你我，是你我臆想的全部。

你我的真实，是你我触不可及之物。

怎么了？我们手中的真实，

原罪

是孩童窗户里的梦吗？

怎么了？我们的确定性，

是摆在桌上的后续蓝图吗？

宴席后面的一把椅子，一边是我的脑袋

靠着并拢的两只手，而那两只手

靠着阳台高出一截的窗台，为思考所困的我。

怎么了？我的真实，

生活便是属于我的全部吗？

怎么了，我这个我

只是那个存在于世的家伙吗？

无数凯撒在我这里！

我的灵魂，藏着或多或少的真谛；

原罪

Alvaro de Campos

我的遐想，透着或多或少的正义；

我的才华，携着或多或少的保障——

我的上帝！

我的上帝！

我的上帝！——

无数凯撒在我这里！

无数凯撒在我这里！

无数凯撒在我这里！

1933 年 12 月 7 日

牛津

Alvaro de Campos

好的坏的，我都想要，

但最终，什么都不需要。

我在床上横躺，难过惶恐，翻来覆去，

被我存在的意识困住了。

我从头到脚难受至极，

形而上的难受，

甚至开始头疼，没有比这更糟的了，

就连宇宙的意义都比不过。

曾几何时，我漫步于牛津郊外的村庄，

向前眺望，目光飞越转弯的地方，

在某个村落的房屋上方，一座教堂尖塔赫然挺立。

这个本不存在的幻影，却被我铭记

仿若裤子上的皱褶恰好与裤缝平行。

今日的它仿佛呼应了——在那条

促使我把尖塔和精神相关联的村道上——

牛津

Álvaro de Campos

整个光阴的忠诚与实实在在的慈悲。

我靠近了村落，那只是尖塔而已，

在那里赫然挺立。

澳大利亚或许能给你幸福，在你尚未踏足之时。

许多旅人在码头急着上岸。

他们聚在一起等待。

平阔的视野里，来自非洲的汽轮渐行渐近。

我也在这里，却非为了等候某个人，

而是为了看看其他每一位等待者，

为了成为其他每一位等待者，

为了成为其他每一位等待者等待的不安。

要成为这么多事物，我顿生倦意

姗姗来迟的人终于到了，

而我忽然之间疲惫不堪，因为等待、生存和存在。

我蓦地离去，但看守者发现我，朝我

瞥了一眼，敏锐却呆板。

我回归城市，仿佛得到解放。

许多旅人在码头急着上岸

Alvaro de Campos

真希望不存在别的什么理由，只是感觉

让感觉停留！

不不不，它并非不胜其烦……

而是很多

玷污我思考的消失的幻影，

是感性的、混乱的

礼拜日，

一个在绝境中求生的休息日……

不不不，它并非不胜其烦……

而是我存在这个事实，

但世界同样存在，

万物自在其中，

万物自在其中不断蔓延，

且是相同之物以相同的方式演化出的种种。

不不不，为何要说它是不胜其烦？

它是抽象的感知，源自具象的生活

它并非不胜其烦

Alvaro de Campos

好似一声尚未出口的呐喊，

好似一种尚未蒙受的不安，

或是尚未彻底蒙受的，

或是尚未蒙受的，好似……

对，或是尚未蒙受的，好似……

就是这些了；好似……

好似什么呢？

我要是知晓，便不会生出这般虚伪的不胜其烦。

（街头有盲人在唱歌……

男人摆弄着吉他和小提琴，女人

的歌声

组合在一起犹如手风琴！）

我有所闻亦有所见，

罢了，不可否认：它是不胜其烦！

失败的人，我一个也不认识

我的每位朋友，在任何事情上都很优秀。

可是我，总是这么落魄，总是这么惹人厌，

总是这么被人看不起，

我，总是这样，因而毫无争议地成了寄生虫一只，

肮脏得没办法让人原谅，

我，总是这样，懒得连澡也不洗，

我，总是这样，极端的荒诞不经，

向来如此，在公开场合被扒光衣服，只为那繁冗的
礼节，

向来如此，被视为怪异的、狭隘的、谄媚的、孤傲的人，

向来如此，被看作沉默不语的无耻之徒，

在呐喊时，甚至会被当成更滑稽的家伙。

我，始终是女侍者们眼中的笑话，

一条直线里的诗

Alvaro de Campos

一条直线里的诗

始终会被看门人在背后议论，

始终没有发家致富的好运，始终只借钱，不还钱，

我，在小丑即将一飞冲天的时候，悄悄离开了危险

之地——

我，总是苦恼于那些无足挂齿的小事，

想来这世间，不会再有人如我这般可怜了。

与我相识的每个人，都不曾闹出过任何笑话。

与我交谈过的每个人，都不曾做过丢脸的事。

在生活中，他们人人皆是王子，与每一件事休戚

相关……

我每每听闻一些旁人的言辞

忏悔的要么是一个罪过，要么是一桩丑事，

说起的要么是一起暴行，要么是一次软弱！

不不不，被我听见的每个人，在与我交谈时无不是

典范。

这世界如此之大，可谁人会对我坦言，自己曾是小人

一个呢？

王子们啊，我的手足，

我从始至终都和半人半神者共存于这世俗！

然而在这世间，这种人又身在何处？

我是世上仅有的一个犯过错的卑鄙小人吗？

他们会永远得不到女人的爱，

他们会上女人的当吗——那是不可能的事，除非是荒

诞的！

而我向来荒诞不经且从未上过女人的当——

怎么才能不磕磕巴巴地与手足们对话？

我，向来无耻，彻头彻尾的无耻，

在这个词最本真最普世的意义之上的无耻……

炮竹

古巴比伦的每一个劳埃德·乔治

都没能被历史铭刻于心。

古亚述或古埃及的白里安,

古希腊或古罗马某个部落的布洛茨基

都早已离世而去,虽然石头不曾忘记。

唯有一个呆板愚蠢的诗人

或说歇斯底里的哲学家

又或说奇奇怪怪的几何学家

会在幽暗之中,躲过

那潜藏于背后的无边无际的,

忘却了历史的琐碎。

须臾间的巨人啊!

偷偷潜入幽暗之地

伟大且闪耀的荣光!

炮竹 *Alvaro de Campos*

珍惜你的所有，别胡思乱想！

可别辜负美食与美名，

因为今天的笨蛋是明天的主人！

1928 年末？

整顿生活

整顿生活，让我的愿望与行为齐整地排列在架
子上……
这便是我打算做的，也是我自始至终打算做的，
都是一样的结果。
凡事拥有确定的目标——仅存在于它的
确定中——多好！

为了确定，我将手提箱装饰好，
指定阿尔瓦罗·德·坎波斯，
在明天同一时刻，就像在
前天——永远比昨天早一天……

我笑了，在我即将成为的虚无的预测里。
至少我笑了：笑也是一个存在。

浪漫主义造就了你我，

若非如此，你我恐怕什么都不是。

那便解释了文学的由来……

也解释了（请原谅，诸神！）生活的由来。

每个他人皆是浪漫主义者，

每个他人皆是虚无，无论贫穷还是富有，

每个他人都注视着还需装饰的手提箱，以虚度时光，

每个他人都依偎着纸屑堆沉睡，

每个他人都是我。

卖陶器的女商贩带着哭腔的叫卖声，

犹如无意识的神圣歌曲，

政治经济学的钟表满载细密的齿轮，

整顿生活

礼物，或是故去的未来之母

君主升天而去时，

你们的声音好似虚无中的呼喊，又似无言的生活

亲临我耳畔……

我的目光离开了纸屑，

我在想不如不整顿这一切

因为，我并未隔窗望见——只听到——商贩，

我的笑还在，只是消失在哲学里

只是发生于我的脑际。

书桌凌乱不堪，我静坐一旁，不再信任诸神，

我洞见了那张面孔上的一切天意，只因一个

叫卖的商贩，扰乱了我的思考，

我的倦怠是一艘古旧的小舟，在一片被废弃的沙滩上

逐渐烂掉，

怀揣着这个衍生自他人诗歌的想象，我把这首诗与书
桌依次合上。

我像神那样，不整顿真理，也不整顿生活。

1929 年 5 月 15 日

Alvaro de Campos

砰然破碎

Alvaro de Campos

今日心绪烦躁，灵感无处讨要，

今日情感寡淡，欲望少之又少，

我于是落笔书写墓志铭："阿尔瓦罗长眠于此……"

（更多恰当的说辞，要到《希腊诗选集》里去找。）

这些句子为何要押韵？

不明所以。偶遇的一个好友

想知道我近来忙于何事，

我于是写了这些押韵的句子，只当与他闲话彼此。

我不常写押韵的诗，即便押韵，也鲜有成功的说辞，

然而有的时候，押韵却是必要的事。

我的心砰地破碎，如同被空气撑满的

大纸袋一个，遭遇重击一次，

那个被惊动的陌生人无法解释，

而我徒劳无功地完成了这首诗。

1929 年 12 月 2 日

深夜的空寂大驾光临

Alvaro de Campos

深夜的空寂大驾光临

在各个堆叠着生活的地板上

搭建了这座用来居住的房屋。

四楼的钢琴停止喧哗。

三楼的脚步消失于耳畔。

一楼的收音机默默无言。

万物皆已沉沉睡去……

我独自与宇宙作伴。

甚至不曾察觉，我偏爱走到窗前。

我若定睛凝望，将得见什么样的星辰啊！

那高悬的空寂是何等壮阔！

天空与城市是何等不同！

反之，不以被困为目的，却被困于我的欲望，

深夜的空寂大驾光临

Alvaro de Campos

真希望听见来自街道的声响。

类似汽车的轰鸣声！……

说话间向我涌来的双脚的低语。

门被关上时突兀得令人心悸的咣当声。

万物皆已沉沉睡去……

唯我独醒，一边静听，

一边等候

某件会在睡着前发生的事。

某件事……

电车站 *Alvaro de Campos*

我想点一份忘记！

我想把放弃生活吃进肚里！

我想将内心习以为常的怒吼清除出去。

足够了，虽然我不明白足够的是什么，但真的已经
足够！

你告诉我要过好明日？那今日又当如何度过？

是因为今日被耽搁，才要过好明日吗？

观看这出戏剧，我有没有买票？

若是允许我笑，我定会放声大笑。

进站的电车，恰是我所等待的。

它要是另一辆就好了。

我上了车，有些勉为其难！

我既没有被人胁迫，又何必让它与我擦肩而过？

除非我允许每一辆车开走，以及自我和生活……

一个意识到自我的灵魂比正在消化的胃更让人厌恶！

我如果是其他什么人，就能好好睡上一觉了！

电车站

Alvaro de Campos

此时的我终于明白了孩童们想做电车驾驶员的原因。

不，我什么都不明白。

蔚蓝时光也好，流金岁月也罢，

抑或是人间圆满，以及生活透彻的眼神……

然而那不只是尸体，

不只是那不再为人的可怖存在，

那出现在肉身凡胎上的深奥变化，

那填补你我所识之人所留空白的陌生事物，

那处于我们所见与所领悟之间的诸多破裂的孔洞——

不只是植根于内心深处的沉默

惊恐万状的灵魂的死尸。

死者曾拥有的普通的外在

也给灵魂造成了困扰，以更为犀利的可怖方式。

虽然它们来自同一个敌人

会有人毫不悲哀地凝望

那个敌人用来写作的桌子，还有铅笔吗？

谁能毫不心痛地注视

死去的乞丐用来揣手的有口袋

（当下已失而不复）的外套，

丧命的孩童那规整的玩具，

猎手们扛着走进一座座大山，却消失不见的猎枪？

我的体悟与之无关，却猛地受到了这一切的压迫，

死亡是大是小，一丝愁绪惶恐了我的灵魂。

好好利用时间，花在有用之处！

但是对我而言，应该好好利用的时间到底是什么？

好好利用时间，花在有用之处！

若不书写几句，便是将一天虚度……

既真诚又卓越的工作

好似维吉尔的著作，或者弥尔顿的……

但既真诚又卓越实在很难做到！

像弥尔顿一样，或者维吉尔那样简直难于登天！

好好利用时间，花在有用之处！

从我的灵魂中筛选出最杰出的点滴 —— 不多不少刚

刚好

—— 拼起来，如同拼七巧板

从而绘制一幅确凿无疑的历史画卷……

（它的确凿无疑，好似从未被人见过的内部。）

用卡片将我的感觉搭成小屋——

Alvaro de Campos

正午过后的微缩的国中……

将我的思想一个个排好，做成多米诺……

将我的心愿做成灵敏的台球杆？……

是游戏、是单人扑克、是娱乐的象征——

是生命、是生活、是人生的象征……

太长了。

实在太长了。

好好利用时间，在有用之处！

在意识尚未察觉，不应任由时间流失，哪怕是一

分钟……

别同意任何个体的不自然或不确定的行动……

别应允与我目标无关的所有移动……

灵魂的好办法……

持之以恒的优雅……

好好利用时间，花在有用之处！

我的心疲惫不堪，犹如真的乞丐一般。

我的脑袋将开始思考，犹如存于一隅的包裹。

我的歌（太长啦！）如其所是，哀伤的样子。

好好利用时间，花在有用之处！

这首诗，从开始到现在，已花了我五分钟。

我把时间花在这件事上，是有用还是没用？

我若是心中无数，又怎么懂得其他时间呢

（是被花在了有用之处还是无用之处）？

（那位女士，常常出现在我所乘坐的飞驰在郊外的列

车上，

与我同一包厢，可曾对我感兴趣？

看着你是我打发时间的途径，那是有用之处吗？

我们在风驰电掣的火车上相顾无言，这节拍意味着

什么？

书页留白处的一则笔记

Alvaro de Campos

我们不曾理解彼此，这意味着什么？

这当中蕴含着哪般生活？之于生活，这又意味着

什么？）

好好利用时间，花在有用之处！

罢了，不如让我放弃所有可利用之物！

既无时间，也无存在，就连与之相关的记忆也是虚无！

不如让我化作风中凌乱的一片叶，

路上尘土飞扬，有的走有的留，始终寂寞着，

不如让我化作渐停的雨滴，偶然汇聚成河流，

前车所留的车辙，被后车的盖过，

不如让我化作那少年玩耍的即将停止的陀螺，

它开始摇摆，如地球摇摆，

它开始抖动，如灵魂抖动，

它终于倒下，如诸神倒下，在命运的地板上倒下。

后天，就在后天……

我会在明天好好想想后天的事，

然后就行了，等着吧；不过绝非是今天……

我不会考虑今天，因为我今天不能思考。

我那不甚清楚却客观存在的主观能动性的维持，

我那不时会出现的源于生活的真实的劳累，

我那意料之中的无穷无尽的倦怠，

一种属于多极世界的，只以赶上电车为目标的疲惫，

这是拥有灵魂的生物……

就在后天……

我想在今天准备好，

准备好在明天好好思考明天的明天……

一个具有决定性的日子。

我已做好规划；不对，我今天不会做任何规划。

那是明天的事。

我会在明天坐到书桌旁，为征服世界做准备，

拖延

Alvaro de Campos

但征服世界是后天的事……

此时此刻，我想哭一场，

突如其来，由心而生的哀伤。

别问为什么，那是秘密，我会保持沉默。

就在后天……

儿时的我，每到周日都会被马戏表演逗得

前仰后合。

而如今的我，被儿时记忆里每周日的马戏表演逗得

前仰后合。

但后天的我会不一样，

我的生活会是胜利者，

我的全部智慧、学识与现实中真实的品质

会因官方的宣告而凝聚，

不过起草这份宣告是明天的事……

我今天要好好睡一觉；明天再来起草……

Álvaro de Campos

今天的演出，有哪个剧本会再现我儿时的故事？

明天我会买票去看，

而后天便是我计划启程的时间，

在此之前不是……

我将在明天演练的公众形象会出现在后天。

我终将成为一个不曾成为过的人，在后天。

在此之前不是，在后天……

我身心俱疲，仿若一只迷离小狗觉得寒意凛然。

我疲惫至极。

我会作出解释，在明天，或在后天……

我确定，可能就在后天……

将来啊……

是啊，将来……

陌生城市的咖啡店

Alvaro de Campos

陌生城市的咖啡店，起初的几分钟时间

黎明降临在车站和码头

满是明媚且安宁的静默！

城市街巷的街道上，方才出现的早行之客

以及旅途中才会出现的，时光飞逝的独特声响……

电车、汽车、公共汽车……

新国土上的街巷是新的外表……

似是在为你我的悲怆制造安详，

为你我的伤感制造幸福的热闹，

为你我劳累的心制造枯燥！

直角广场令人信服的浩大，

鳞次栉比的街道在远处交叉，

十字路口充斥着风趣的例外，

在这一切之中，仿佛某种满而不溢

的事物，在移动，移动着，

华丽的世间万物，来到并停留……

码头与安静的船，

静止的船，

还有停泊在一旁的小舟，等候着……

一项不被完成的工作

Alvaro de Campos

一项工作被放下，清爽浮于脸上！

溜走的意义是离开人群！

是什么样的逃避会变得如此不可信！

想想一会儿还得赴约，我的呼吸即刻顺畅了些许。

我不与他们每一个人邂逅，是刻意的忽视，

因为良久等候而出现的催促，不会有，我明白。

我生性自由，与有组织有伪装的社会格格不入。

我不着一缕跳入想象的水里。

两个约会，无论去哪个都为时已晚，

它们被我安排在同一时间，

同一个时间，刻意的安排……

无所谓，我将在想象的诗篇中徘徊，在微倾的字里行间浅笑。

之于生活，这样的旁观多有意思啊！

甚至，下一支香烟不会被点燃……假如这也属于行动的话，

它将静候着我，以及其他人，在所谓的生活中相约，
而非约会。

一项不被完成的工作

久了之后

久了之后……显然与它有关……

它存在于此！

放肆地确凿地涌入我的脑海。

我的心爆裂了，如同一颗便宜的炮弹，

震天动地的感觉，由脊髓冲进大脑……

感谢上帝，我失常了！

我所有的行为活动都似垃圾一般，回到我的身体

如同被风吹来的唾液，扑了我一脸！

我所有的存在形式都陷入了混乱，缠住了我的双脚，

如同被扎起来的衣衫，胡乱堆满地！

我所有的思考都在拨弄我的喉咙，奇痒无比

我想吐，虽然没吃什么东西！

感谢上帝，这样看来，不如喝个烂醉，

也算一条解决之道。

我的胃，为我提供了一条解决之道，多好啊！
还让我洞悉到真理一枚，在胃肠道里，我看见了它。

超出一切可能的经验的诗？我曾经写过！
我也造访过卓尔不凡的情真意切的莫大欢喜！
诗歌的宏观主题被细分为次要主题，这样的结构又
如何？
那不是什么新鲜事。
我隐隐作呕，那感觉就像是要吐出自我……
我恶心反胃，要是可以把宇宙吃掉，再吐进
下水道，那我便会把它吃下去。
夹杂着几分反抗，不过意图是好的。
至少它源自向好的愿望。
而像我这样的人，没法拥有意愿，也没法拥有生活……

Álvaro de Campos

回忆往昔，他们总会为我庆祝生日，

那时候我很幸福，因为他们都还在世。

我的生日是老屋里如世纪般的古老传统，

无异于所有宗教，我和他们每个人的喜悦皆是可靠的。

回忆往昔，他们总会为我庆祝生日，

那时候我很知足，因为我年少健康，

被家人认为才思出众，且还没背负他人的寄望。

当我生出期待，我变得不懂如何期待。

当我大量生活，它变得对我毫无用处。

千真万确，我知道那个化身为我的人，

是拥有心也拥有家的人，

是共度诸如乡村之夜的人，

是他们深爱的少年，

那个人啊——我的上帝——我事到如今方才明白他就

是我……

真是遥不可及啊！……

（没有丝毫回音……）

在他们总会为我庆祝生日的时光里。

如今的我犹如屋后走廊上弥漫的潮气

让墙上长霉……

如今的我是（在我泪眼的那一侧，这座曾生活着爱我

的人们

的老屋在颤抖）——

如今的我是这座被他们卖掉的老屋，

它是他们中那一个个故去之人，

也是如用过的火柴那般苟且生活的我。

回忆往昔，他们总会为我庆祝生日，

生日

我真想像人一样热爱的那段时光！

我的灵魂希望身体开启超自然的旅程

在从这个我转换为那个我的过程中

亲自返回那个地方……

像饥饿的人吞掉面包那样吞掉往昔，没有时间

把黄油抹在牙缝里！

我又一次洞见那惟妙惟肖的一切，它让我无法分辨

那个地方有什么……

餐桌上摆着多余的餐具，奇异虚幻的瓷器，数不清的

玻璃杯，

橱柜里是满满的水果和点心，下面的架子上

阴翳处还有别的什么东西。

为了我，表亲们和年迈的婶婶纷纷出席，

在他们总会为我庆祝生日的时光里。

生日

就此结束吧，我的心！

别再继续想下去！让大脑远离想象吧！

我的上帝啊，我的上帝！

我不会再过生日。

我已忍无可忍。

我的时间堆叠在一起。

我在晚年会是个老头子。

这便是全部了。

那令人厌恶的往昔若是被我偷走，便会被

塞进衣兜随我而去！

在他们总会为我庆祝生日的时光里！

现实

Alvaro de Campos

没错,我在二十年前时常从这里走过。

我所知道的是,这个城镇里的一切

丝毫未变。

是二十年前啊!

重返当时的我吧!没错,我变了……

在二十年前,这里的建筑不曾想到过……

徒劳无功的二十年(可能并非如此:

我何以懂得有用和无用到底是什么?)

转瞬即逝的二十年(然而抓住它们又能怎么样呢?)

我试图用大脑重构

二十年前时常从这里走过的我

是谁,或者是什么……

我忘了,回忆没有结果。

现实

Alvaro de Campos

那个当时从这里走过的人

若是还存在，可能不会忘。

相比之下，那个在二十年前从这里走过的我，

更明了诸多小说里的人物！

没错，时光的谜团。

没错，你我一物不知，

没错，我们无不是诞生于一艘在海上航行的邮轮，

没错，谈论它的一切方式，要么这种，要么那种。

三楼的那扇窗户啊，还是那扇窗户，

一个比我年长的女孩曾经总会探身窗外，就像总被我

忆起时那样，身着蓝衣。

此时的她，会是什么？

对于一点也不了解的事物，我们终究是无法想象的。

现实

我被置于身体与精神的停滞状态：我不愿想象⋯⋯

那天，走上这条路的我幸福地想着以后，

因为上帝准许不存在的事物光彩夺目。

今天，离开这条路的我却无法幸福地回想从前。

什么都别想，这样最好。

我依稀记得——在这条路上，有两个人相遇，

不在那时，也不在此时，

然而就是这个地方，他们不受时间干扰地相遇了。

他们彼此漠然地看着。

那个走上这条路的年纪尚轻的我，想着属于未来的向

阳花一朵。

这个离开这条路的如今的我，脑袋里空空如也。

这可能是真实发生的事⋯⋯

现实 *Alvaro de Campos*

真真切切地出现过……？

没错，在身体上出现过……

没错，有可能……

度假村

Alvaro de Campos

度假村的夜万籁俱寂……

偶尔传来几声犬吠

使这夜的空寂又多出几分……

继而一阵不易察觉的嗡嗡声

与沙沙声又在幽暗处加深了这空寂……

这一切如同幸福一般

令人如此压抑！

在旁人看来，在繁星点点的

夜空下，有空乏的嗡嗡、虚幻的沙沙，

以及打破广阔空寂的犬吠作伴，

无疑是妙不可言的乡野生活！

来这里度假的我，

竟忘记让自我在家待着。

我带来了那无法拔除的意识的荆棘，

而那是自我意识的隐隐恶心与含混烦恼的产物。

度假村

Alvaro de Campos

又是这般，渐渐蚕食着的焦灼，

如同碎了一地的干掉的黑面包。

又是这般，在忍痛吮吸时艰难下咽，

如同宁可呕吐也要继续的酒鬼所拿的酒。

又是这般，又是这般

灵魂中不幸的循环，

而这从意识的黑暗中来，

这……

那一日的你，纤纤玉手略显苍白（我的也一样），

安静地毫无瑕疵地被置于你的膝盖，

宛如其他姑娘将顶针与剪刀放在膝上。

你在那儿坐着，魂不守舍，像看空气一样看我。

（我不忘此事，为了在不知该想些什么的时候拿出来

想想）

忽然之间，带着叹息的意味，你如梦初醒。

度假村

你刻意地注视了我，说：

"可惜不能天天如此！"

仿若百无一用的那一日……

你不知晓，可惜啊，

你不知晓，幸好啊，

令人惋惜的是每一天皆是如此，日复一日……

令人惋惜的是，无关幸或不幸，

灵魂都会经受乃至享受万物的不悦，

无关有意或无意，无关思考或不思考……

那才令人惋惜……

宛如一种映像，我想到了你慵懒的手

安静地搁在那里。

当下这一刻，我对它们的回忆，比对你的更胜一筹。

你变作什么了呢？

我深知，在别的什么地方，在生活的某个宏大之处，

度假村

你已嫁为人妇。我猜想，你成了母亲，可能很幸福。

为什么不？

只是因为，不太公平。

没错，或许不太公平……

不太公平，是吗？

（那是明媚的一天，我在田野上睡着，浅浅地笑。）

……生活……

白酒也好，红酒也罢，没什么不同：吐掉吧！

赞歌

Alvaro de Campos

这存在于内的夜——这个宇宙——结束的时候

我——我的灵魂——有结束的时候吗？

什么时候，我才能在觉醒时完成觉醒呢？

我无从知晓。

骄阳当空，光芒万丈，却不可直视。

寒星点点，璀璨炳焕，却不可计算。

孤单的心，兀自跃动，却不可听闻。

这不在剧院里的表演——或没有表演的剧院

——什么时候结束

好让我回家去？

回到什么地方？怎么回去？什么时候回去？

用生命之眼看着我的那只猫，悄悄深入了你的

内部吗？

是他，就是他！

好像是约书亚，他让太阳静止。

我就要醒来了，而那意味着结束。

我的灵魂带着笑，深入你的睡眠！

我的灵魂带着笑：那会是结束的时刻！

1933 年 11 月 7 日

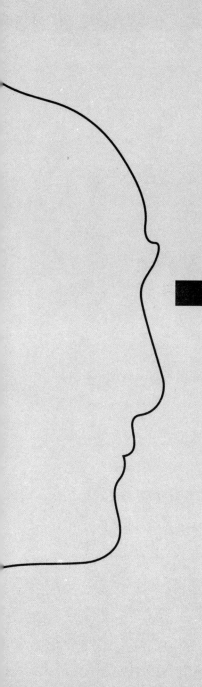

阿尔贝托·卡埃罗的诗

Alberto Caeiro

牧羊人

Alberto Caeiro

月光在高枝间穿行

月光在高枝间穿行，

诗人们皆说

不仅仅有月光

在高枝间穿行。

然而于我这个

不懂思考为何物的人而言，

月光在高枝间穿行

除了是

月光在高枝间穿行，

别无他说

仅仅是有月光

在高枝间穿行而已。

1914 年 3 月 11 日

那个怡然自乐的孩子

那个怡然自乐的孩子

用麦秆一根，吹出的肥皂泡

是一整个哲学世界。

好似自然般透彻，无意义，

一眨眼便消失，

是值得看的事物，

它们如其所是

皆是小小圆圆，精确无误的气体，

任何人，即便那个吹着泡泡的孩子，

也不敢说那些泡泡的展示多过其本身。

清透的空气，一些泡泡实难得见。

好似清风一般，无法让花儿飘摇

我们只是知晓它在流动

Alberto Caeiro

那个怡然自乐的孩子

毕竟心中的某些东西变得耀眼

能够更透彻地接受。

　　　　　　　　　　　　1914 年 3 月 13 日

山坡上的树 *Alberto Caeiro*

那道山坡上的树。

到底是什么，是一排树吗？

只是树。

"排"也好，复数形式的"树"也罢，

并非客观存在，而是名字而已。

人心真可悲，给世间万物定下次序，

给它们一个个画上线，

在客观存在的树上挂上名牌，

在地球上画满经纬线

地球没有做错什么，

它比那些种种更青葱，更茂盛！

1914 年 5 月 7 日

读塞萨里奥·维尔德

Alberto Caeiro

黄昏时，我的身子探出了窗台，

原野猛地出现在眼前，

我翻看着塞萨里奥·维尔德

直到眼如火烧。

我替他难过，真的！

他如乡下人一般

走在城市里，仿佛被保释。

可他凝望房屋的模样

如同凝望着树，

看着大街小巷的模样

如同近观走过的路，

探究事物的模样

如同欣赏原野上的花朵……

因而他，有莫大的伤怀

永远不可言说，

读塞萨里奥·维尔德

Alberto Caeiro

在这城市走着

无异于在乡下，

伤感，仿若书里夹带的花

瓶子里装着的植物……

午后暴雨

Alberto Caeiro

今日午后，雷雨突如其来，从天而降，

沿着山坡翻涌向下，仿若巨石一堆……

似乎有人在高高的窗口处抖着桌布，

山石碎片混杂一片，

它们扑来时喧哗难当，

雨滴哗哗地从空中倾泻，黯淡了路……

空中电光乍现，宇宙为之一颤

好似一个大头说着"不"，

我不明所以——我没有畏惧——

我开始祷告，为圣巴巴拉

就好像我是谁的姑妈……

啊！祷告着，为圣巴巴拉

这让我觉得自己比认知中的自己

更为纯真……

我觉得像是在家里，悠然自得

像是已安然地走过了人生，

安然得如同院墙；

正因有了它们，

我方才有了感知与思想

好似花儿有了绚烂与芬芳……

我好似一位对圣巴巴拉满怀信仰的人……

啊，对圣巴巴拉满怀信仰！

（对圣巴巴拉满怀信仰者，

都笃定她无异于你我，是有形的，可见的吗？）

（真是伪善啊！花草、树木与羊群

了解几分圣巴巴拉呢？

倘若树枝有意识，

绝不会造成神明与天使……）

午后暴雨

Alberto Caeiro

它思考的是璀璨的太阳

暴雨，在我们头顶上方

那些义愤填膺之人……

最简单的人啊

失常、失智、愚蠢得很！

居然与花草树木才会有的

纯洁的质朴和健康

比邻而居！）

我，探究着这一切，

又一次堕入不悦……

成全了阴郁、反感和颓唐

预感会下一整天的暴雨

但直至入夜，也没有来袭……

种种形而上学，体现在不思考中，无论对何种事物。

对当下世界，我作何感想？
对它，我毫无想法！
我琢磨这种事，
只在生病的时候。

对事物，我作何感想？
对因果，我作何感想？
对上帝，对灵魂，对创世，
我作何感想？无言以答。
在我看来，谈论它们就得闭上眼睛
但不思考。只是拉上窗帘
（可我家的窗户并没有窗帘）。

世间之物的神秘？

种种形而上学

Alberto Caeiro

种种形而上学

Alberto Caeiro

我不知道何为神秘！

唯一的神秘是思考神秘。

闭上眼睛站在阳光下，

你起初想到的不会是

何为太阳，

而是无数灼热之物。

睁开眼，一见到太阳

你便无法再继续思索别的事，

因为灿烂阳光

比任何哲人或诗人的思想

更具价值。

阳光对自身的行为一无所知

所以它从不出错，

而且常是有益的。

形而上学？树木有吗？

它们生机勃勃，郁郁葱葱

有规律的结果，从不引起我们的思索，

甚至，我们不懂怎么去关注。

还有什么形而上学能好过它们？

它们不懂为何要活着

也从不知道自己不懂。

"事物的内部构造……"

"宇宙的内部意义……"

一切都是虚无，一切都没有意义。

震惊啊，竟有人做了这样的思考！

这就好比

在天光乍现，树梢上的

浅淡金色开始驱散幽暗之时

思索其理由与目的。

对事物的内在意义

种种形而上学

Alberto Caeiro

思考得太多了，

犹如没病没灾的时候考虑健康，

又好像把玻璃杯放到泉水里。

事物的内在意义，

仅有一个，那就是

毫无意义。

我对上帝是不信任的，

毕竟我从来没有见过他。

他要是想得到我的信任，

消除我的疑虑，就该找我聊聊天，

进屋对我说："我来了！"

（这番话大概会被一些人耻笑

那些不懂所见的人

自然也不会懂

有人会有所见的道理

谈论所见的东西。）

然而，倘若上帝

是花木，是山地，是日月，

那我便会信任于他，

时时刻刻信任于他，

我的生活，全然是

一场祷告，一场弥撒，

一场靠双眼双耳完成的圣典。

然而，倘若上帝

是花木，是山地，是日月，

那我为何称其为上帝？

我为何不称其为

Alberto Caeiro

花木、山地和日月。

假如他为了走进我视线

化身花木、山地和日月，

假如他以花木、山地、日月之形，

显现在我眼前，

那是因为他希望与我相识

希望我将其视为

花木、山地和日月。

所以，我如他所愿，

（我对上帝的了解，

岂能多过

他对自己了解呢？）

我如他所愿，悠然地活着，

好似有人撑眼观看，

我称其为

花木、山地和日月，

我爱他，但不思考，

我用眼睛和耳朵了解他，

分分秒秒，

与他形影不离。

种种形而上学

种种形而上学

Alberto Caeiro

想到即违背

当我们想到上帝时，

便违背了他的意志，

他本不想为我们所识，

因而从不显现他的身姿……

他要我们简单平静，

好似溪流与树木，

他爱我们，赐予我们

美好事物，譬如溪流与树木，

为我们送来春的绿意，

以及人生尽头要渡的河……

别无其他了，

因为他带来的越多，

从我们手中拿走的

便越多。

"嘿，牧羊人，

在道边，

掠过的风向你诉说了什么？"

"它可是风，吹拂而过，

过去如此

未来亦如此。

它向你诉说了什么？"

"比这还要多。

它告诉我很多其他事。

有回忆，有期待

还有从未有过的事。"

"你没有听过风声。

风只议论风。

嗨，牧羊人

Alberto Caeiro

你在风中听闻了谰言，

而谰言植根于你的心。"

维吉尔的牧羊人，

演奏着笛子，

还有别的乐器，

他们优雅地唱着爱情。

（因而他们讲——我是不看维吉尔的。

我为什么要看？）

维吉尔的牧羊人——令人同情——是维吉尔，

但自然，绚丽又悠久，

恰如其分地，在那里。

Alberto Caeiro

维吉尔的牧羊人

1919 年 4 月 12 日

轻柔地

Alberto Caeiro

轻柔地，轻柔地，无比轻柔地

起风了，无比轻柔地，

风停了，也无比轻柔地。

我不知所想，

也不想得知。

这首歌之后，那四首歌

与我所想的全然不同，

它们欺骗了我所感知的，

与我所拥有的全部相反……

我在生病期间创造了它们

所以它们很自然

它们符合我的感受，

也认同我所不认同事物……

生了病的我，

思想，应当与没生病时相反

（要不然我就没有生病），

我的感受与没生病时相反，

因我是个有自己感受方式的人

我有必要欺瞒我的天性……

我定是彻彻底底地病了——思想及所有。

灵魂的夜景

Alberto Caeiro

生了病的我，不再奢求其他理性。

于是，这些不接受我的歌

不得不接受我

它们是我那个灵魂的夜景，

我那颗心的另一面……

色拉

Alberto Caeiro

我盘中的"自然",凌乱不堪!

植物姊妹,春的朋友,

还有圣人们

可谁也不向他们祷告……

它们被切开,端上了桌

旅店里,聒噪的宾客

背上是扎成捆的毛毯,进了门

随意点了"色拉"……

他们出人意料地,向大地母亲索要

她的鲜活,以及第一批儿女,

她起初所说的幼稚的话,

鲜嫩的七彩的初生之物,

诺亚望见

当洪水渐退,山岗上

色拉

Alberto Caeiro

显现了湿地与绿意

当天空中有了鸽子

彩虹的光芒慢慢淡去……

月光闪烁在青草上，

我不明白它希望我回忆些什么……

因为它，我回想起那个年迈的女仆

她会讲童话给我听

我们衣衫褴褛的圣母，犹如乞丐

走着夜路，

为受虐的孩童提供帮助……

我若不再相信它们是真实的，

月光为何还会闪耀在青草上？

夏日轻风

Alberto Caeiro

仿佛有人在夏日敞开房门

遥望原野上的热气腾腾

自然偶尔会突然打我一巴掌

恰好击在我感受的面庞，

我坠入迷离与困惑，

感到烦乱，想要领略

我无法真正领略的事与理……

然而，谁人在与我说要领略？

谁人在意我须领略？

强烈的日光袭来，它的轻风

如温热的手般抚在我面庞，

我并非因其是轻风而愉悦，

也非因其温热而不悦，

不管怎样我感受了它，

110

于是，我理应如我感觉它那般感觉它，

因为只有那样，我方才能感觉它……

夏日轻风

Alberto Caeiro

Alberto Caeiro

神圣的唯有自然而已

神圣的唯有自然而已，可她却非神圣……

假如我谈论她，如同谈论某个人
只因我要谈论她，用人类的言辞
人是强势的
事物因而被赋予人格，
以及名字。

然而事物本无人格可言，也不曾有名字：
它们只是存在着，天地辽阔，
而你我的心却小如拳头……

请为我祝福，为我尚不知晓的全部。
那是我的一切，的的确确。
我爱着那一切，如同你深知世间有一个太阳。

112

今日，我看了快两页

神秘诗人的书

我乐不可支，好似别人的声泪俱下。

不正常的神秘诗人是位哲学家

而哲学家却又疯魔成性。

神秘诗人笔下，花儿有感觉

石头有灵魂，月光下的河大喜若狂。

然而，要是花儿有感觉，便不再是花而是人；

要是石头有灵魂，便不再是石头，而有了生命；

要是月光下的河大喜若狂，那河就成了生病的人。

你肯定不懂什么是花儿、石头、河

所以才会说起它们的感觉。

才会说起它们的灵魂，

神秘诗人

才会说起你自己，还有你的谬误。

石头不过是石头，河不过是河，

花儿不过是花儿，感谢上帝。

说起我自己，我写着简单的诗

心如止水，

因为我懂得由外看自然

而非向内看自然，

自然是没有内部的；

假如有，她便不是自然了。

昨日黄昏时候，小酒馆门前

一位都市青年和人们闲聊。

与我也说了几句。

他说起了正义，以及为正义而做的斗争

说起了深陷苦难的工人，

说起了繁忙的工作与饥饿的人，

说起了有钱人，他们转过了身。

他注视着我，见我眼中有泪

带着怜悯的笑，笃定我已感受到

他心中的仇怨，还有他口中的

深有感触的同情。

（可是我并没有认真倾听。

对于那些人，我该关注什么，

他们的悲惨命运，或是思考那悲惨命运？

小酒馆门前的闲聊

Alberto Caeiro

115

小酒馆门前的闲聊

他们若能如我这般——便不会再陷于苦难。

世间一切苦厄，无不源自世人的互相折磨，

乐善好施也好，作恶多端也罢。

有心、有天、有地，于我们而言已足够。

再多要一点，便会失去，便会难过。）

那位人民之友侃侃而谈

（我流下了感动的泪），

那时我正在想黄昏时候

羊铃在遥远的地方叮当作响

听上去不同于教堂的钟声

教堂里，溪流与各种花朵

有如我所拥有的淳朴之心做着弥撒。

（颂扬上帝，我算不上一个好人

如同花朵生来就为自己着想

如同河流一心要覆在河床上

对于它的存在，全然无知

只想着奔流与绽放。

来到这世间的使命，不过如此，

换而言之——明明白白地存在着，

不用思考，便懂得如何做。）

那位男子闭上了嘴，望着夕阳。

一个胸中有爱，心中有恨的人

打算从夕阳那里获得什么呢？

117

有的诗人也是艺术大师

Alberto Caeiro

有的诗人也是艺术大师

他们创造着诗歌

如同匠人摆弄着木材……

要怎么绽放，若是不懂定会悲伤！

一句叠加在另一句上，好似砌墙，

打量它的好坏，不行便拆掉重来……

真正称得上艺术的建筑，

只有地球这一座，

瞬息万变，但始终是好的，始终是同一个。

我思量着它，不若某些人的思量，而似某些人的不思量，

我看着花，浅淡地笑着……

我不知晓它们理不理解我

又或是，我理不理解它们，

可我明白，它们与我之间固存着真理

在我们都拥有的神性当中

我们因而得以走在以及活在地球上

彼此依靠，穿越喜欢的季节

入睡时有风的歌声做伴

无梦惊扰我们的沉睡。

有的诗人也是艺术大师

Alberto Caeiro

夕阳漫步在云间

Alberto Caeiro

仿佛一团巨大的污浊的火焰

夕阳漫步在云间。

静谧的黄昏，远方依稀响起汽笛声。

想必是有火车驶离。

这刹那，某种难以分辨的企望突如其来

某种难以分辨的静谧的企望

匆匆闪过。

溪流的水面上，有时候

冒出很多泡沫

越变越大，直到破灭

其实没什么意义

除了

它们是泡沫

越变越大，直到破灭。

同一个太阳 *Alberto Caeiro*

我要祝福，不同地方的同一个太阳

因为它，每个人都成了我的手足

因为每个人，在一天之中，

总有那样的时刻，如我这般望着它。

在那个完美无瑕的时刻，

万事万物都是纯洁的，柔和的，

在一声难以觉察的叹息之中

他们泪眼朦胧地想到了

最原始的人

最原始的人在望见日出时

毫无崇拜之情。

因为那是自然的事

比崇拜太阳，崇拜上帝，

崇拜其他所有无形之物都自然得多。

事物之隐秘

Alberto Caeiro

事物之隐秘，要到何处寻？

至少在我们面前尽显隐秘

可这样隐秘的东西会在哪里？

一条河知晓什么，一棵树知晓什么？

无异于它们，我又知晓什么？

我一观察它们，便会忆起世人的想法，

我不禁失笑，犹如溪流磕到石头，

声音冷漠且严酷。

因为事物仅有的隐秘

是毫无隐秘可言，

比种种离奇更为离奇，

比任何诗人的梦境

比任何哲学家的想法更离奇，

事物没有可理解性

只是原本的模样而已。

毋庸置疑，这便是我仅凭感觉所认知到的——

事物毫无意义：不过是存在。

事物本身，就是事物仅有的隐秘。

事物之隐秘 *Alberto Caeiro*

行驶在路上的马车

Alberto Caeiro

一辆行驶在路上的马车，片刻未停过；

路始终没有变美一些或丑一些。

在外部世界，人们便是这样活动的。

不带走任何，不增添任何，

仅是路过，而后遗忘；

然而太阳却日复一日，如约而至。

1914 年 5 月 7 日

清朗无比的一天，

这样的一天，

使你渴望很多工作已在前一日完成

没有余下什么要做的。

我无意间发现了——犹如林中小径——

或是伟大且隐秘的事物，

不甚坦诚的诗人所说的

伟大的奥秘。

我无法得见自然，

自然是不存在的，

平原和山谷存在，

花草与树木存在，

石头和江河亦存在，

可它们同属的某个整体

某个真正意义上的

清 朗 无 比 的 一 天

Alberto Caeiro

清朗无比的一天

真实的整体却不存在

那是我们思想里的一种错误。

自然，不是整体，而是局部。

这或许才是他们所说的奥秘。

我偶然得知了这一切，

未经思考，没有疑虑，

一定是真理，没错

所有人觅而不得，

唯独被我发现，

因为我从来没有找寻过。

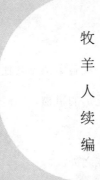

牧
羊
人
续
编

在那个转角处拐个弯

Alberto Caeiro

在那个转角处拐个弯

或许是池塘一个，或许是城堡一座，

或许是延伸下去的路。

我不知晓，也不询问。

在拐弯前的路上走着，

我只见到拐弯前的路，

毕竟除了转弯前的路，我眼中别无其他。

看着别的地方，或是无形的事物

于我而言皆是无用的。

让我们只关注自身所在之处。

这里足够美，而非那里才够美。

要是有人在那个转角拐了弯，

那就由他们去思考拐弯后的事，他们的路。

假如我们必须去那里，抵达时便会清晰。

眼下我们只知道自己不在那里。

我们在拐弯前的路上，在拐弯前

找不到一条拐弯的路。

1914 年

Alberto Caeiro

清理

将杂物清理一下，

让散落各处的东西各安其位

因为人们不懂得它们的用处……

宛如现实中，屋子里的巧妇整理着

感觉之窗所挂的窗帘

知觉之门所放的脚垫

清扫着观察的房间

擦拭质朴观念上散落的浮尘……

我的生活如是，

一行诗，又一行诗。

1914 年 9 月 17 日

事物的奇异现实
是我每日所发现。
任何事物皆为自身，
我欢愉至极，满至极足，
难以言说。

作为整体，存在即足够。

我此前写过很多诗，
此后会写更多，
我的诗无不透着这一点，
我的诗无不各具特色，
因为每一个存在无不是一种表达方式。

我时而会看着一块石头。
不去想它有没有感受。

事物的奇异现实

我没有迷失自我，将它视如姐妹。

可我因它是石头而爱它。

我爱它，因它没有感受，

我爱它，因它和我不是亲友。

我时而倾听风声

感觉只是听风便不负此生。

我不晓得旁人读到此句会作何感想；

我认定它是优秀的，因为我轻易地就想到了

且没有假借人们头脑中的某种念想；

因为我没有思考而得到了它；

因为我脱口而出好似说了个单词。

我曾有一次，被他们称作唯物主义诗人，

我惊诧又好奇，因为我不认为

自己应该被定义为某一类诗人。

我恐怕连诗人都不算：我知道。

饶是我的文字拥有价值，但那价值不属于我，

价值在这儿，在字里行间。

这一切全然与我的意志无关。

1915 年 11 月 7 日

春天再来时

Alberto Caeiro

春天再来时

可能寻不见我，在这人世间。

此时此刻，我愿将春天以人相待

她若察觉到唯一的伙伴消失了

定会为我流下眼泪，我是这么想的。

然而春天连事物都算不上：

她只是一种表达而已。

花也好，叶也罢，去了便不再来。

来的是新的花与叶。

还有别的悠闲时光。

一切都去而不返，一切都无法复制，因为万事万物皆

为真实。

1915 年 11 月 7 日

春天来临时，我若已死去，

花朵依然盛开，以往常的方式

树木依然青葱，不亚于上一个春季。

现实世界不再需要我了。

我的死无足挂齿，一想到这里

我愉悦无比。

我要是知道自己将死于明日，

而春天后日才来，

那真是死得适逢其时，毕竟春天后日才来。

若死得正是时候，那何必再找其他日子呢？

我偏爱一切都真实无误；

就算它不值得我爱，我也爱它真实无误，

所以，假如我此刻死去，那便是好的

因为一切都真实无误。

Alberto Caeiro

Alberto Caeiro

在春天来临前死去

他们若是愿意，可以在我棺椁前用拉丁文祷告。

围绕它载歌载舞也让我感觉良好。

我若无法持有偏爱，便不再持有偏爱。

不管何事何时而来，听之任之就好。

1915 年 11 月 7 日

我无法参透，为何有人觉得斜阳是悲伤的，

我揣测那是因为，斜阳非旭日！

可它若是斜阳，又如何成为旭日呢？

1915 年 11 月 8 日

Alberto Caeiro

晴雨皆是美的

晴也好，雨也罢，皆是美的。

它们皆存在着，

不同特色的不同天气。

　　　　　　　　　　1915 年 11 月 8 日

夜色深重，幽暗一片。远处的屋子

灯火照亮窗口。

我望着它，全身心地感受到了人的存在。

惊奇于那屋那人那生活的全部，

不知他姓甚名谁，

我的目光只被来自远处的那束光吸引。

我笃定他生活在真实中，

他的面颊，姿态，家庭，还有工作。

可此刻我只在意那束来自他窗口的光。

虽然就在那里，由他点亮，

但那束光与我而言是直接的现实。

我绝不会超越直接的现实。

任何事物都无法超越这样的现实。

从我这里只能得见那束光，

它离我那么远，和我这里产生联系的唯有那束光。

在那扇窗户里，那个人那个家都很真实。

来自远处的那束光

Alberto Caeiro

而我远远地，在我所在的地方。

那束光消失了。

假如那个人尚未消失，那我何为要顾念他？

——不过是个仍旧存在的人罢了。

140

1915 年 11 月 8 日

水就是水 *Alberto Caeiro*

今日，我听人读起阿西西的圣法兰西斯。

并惊诧于他们口中所读。

一个深爱万物之人

何以对事物视而不见，一无所知呢？

水若非我的姊妹，为何被我唤作"我的姊妹"？

只为更深入地感受它吗？

把它喝下去，那感受比叫它什么

——姊妹、妈妈、女儿——更好。

水就是水，所以美丽。

当我说它是"我的姊妹"时，

我深知，就算它被我如此称呼，也成不了我的姊妹

它是水，最好的称呼就是水；

没有称呼也不错，

把它喝下去，或是用手腕感受它，又或是看着它，

无须一个名字。

1917 年 5 月 21 日

Alberto Caeiro

可见之物

对于事物，想到即背叛。

只有面对面，想到才是理所当然，

是看见，而非思考，

用双眼，而非思想。

可见之物存在于被看见时，

因双眼而存在之物，不该因思想而存在；

不看只想只会让我沉迷。

我观看时，事物存在。

我思考时，我存在。

1917 年 5 月 21 日

在一个多云的日子

在一个苍白的阴天，

悲从中来，甚至带着恐惧，

我思考起我所制造的问题。

人若是他应有的模样，

是无懈可击的动物，而非病恹恹的动物，

是直接的动物，而非间接的动物，

那么他会成为一种人

另辟蹊径，从真实存在的种种事物中寻求意义。

他会找到某种"全体"感；

某种对待事物的"整体"感受——譬如视听，

不同于我们所拥有的与"整体"有关的思想；

也不同于我们所拥有的与事物"整体"有关的理念。

于是，我们懂得——我们是无法获得"全体"观或"整
体"观的

因为在整体或全体中找不到"整体"或"全体"的

意义

它们的意义存在于真实的自然：它恐怕既非全部，也

非部分。

宇宙只有一个秘密：相加，而非相减。

我们所见过——错误的源头，所以我们困顿不已。

存在之物并不比我们想象的多。

现实不是与现实有关的思想，而是真实存在。

宇宙不是我脑海中的一个念头。

只是我脑海中无数念头中的一个。

夜幕降临，并不是为了我的双眼。

降临于眼前的，是与夜晚有关的理念。

除了我的思想与观点

夜晚实实在在地降临

闪耀的星光亦是一种存在，好似拥有重量。

Alberto Caeiro

当我们打算展示思想时，却不知如何表达，

当我们打算探究现实时，却不知如何思考。

然而，思想的本质存在于思考中，而非表达中

因此，现实的本质存在于存在中，而非被思考中。

所以，存在即存在，仅此而已。

别的事物困于倦怠之中，

自打儿时生病，衰老便如影随形。

镜子准确无误地反射着光；

它从不出错，只因它从不思考。

追根究底，思考等于出错，

出错等于失明失聪。

这些真理已有了瑕疵，因为经过了谈论

而在被谈论前，还经历了思考：

然而事实上，它们一定持反对意见

Alberto Caeiro

它们肯定，任何事物都在否定中否定了自身。

存在，是唯一可以肯定的事

我不愿与它对峙。

1917 年 10 月 1 日

当夜晚来临，蕴热被稍稍消减。

我清清醒醒，仿佛一直没有思考过

一条根将我与土地直接联系在一起；

一点也不虚无的联系，

我用那名为视觉的次要感觉

区分着事物与自身

拉近了夜空中的星或遥远星群与我的距离——

我承认自己错了：遥远的那些遥不可及

我拉近的距离，不过是在骗自己。

1917 年 10 月 1 日

一个思考仙女的孩子

寒冬已至，

战争在军队的助力下

令世界堕入苦难

这是极为典型的哲学错误。

无异于人类的其他活动，战争的目的是改变。

然而它比其他一切活动更猛烈，它力求改变，

更剧烈，更迅猛的改变。

可是战争意味着死亡

而死亡正是我们鄙视宇宙的原因。

死亡的结局，证明战争不是正确的。

这种不正确，证明改变的目的也是不正确的。

我们不去惊扰外部世界，也不去打搅安于自然的其

他人。

所有种种皆是骄傲，皆无意识，

一心忙于建功立业，留下痕迹。

当他心跳停止，指挥官会把土地还给外部。

自然化学是直接的

不会留下任何空间给思想。

所谓人性，是奴隶揭竿而起。

所谓人性，是人民奋起夺权。

它存在，因为权力被夺，

它错了，因为夺权的意思是无权那么做。

让外部世界与自然人性永不磨灭！

让一切前人类的事物，譬如人民拥有和平！

让宇宙的外部本质也得到和平！

一个思考仙女的孩子

Alberto Caeiro

1917 年 10 月 24 日

149

Alberto Caeiro

与自然有关的全部想法

与自然有关的全部想法

从不会让草长高，也不会让花绽放。

与事物有关的全部知识

从不能被握在手中；

假如科学力求真实，

那么，什么科学比没有科学的事物更真实？

我合上双眼，仰卧在坚实的土地上

大地是真实的，就连我的背也洞察到了。

理智于我而言是无用的——有肩胛骨就足够了。

1918 年 5 月 29 日

船驶向远方，

我失去了你的踪迹，

可我为何不想你，如他人那般想你？

因为我无法见到你，你便不存在了。

想念的事物若不存在，

那想念的就只是空茫而已；

不要记挂那艘船，我们要惦记自己。

船
驶
向
远
方

Alberto Caeiro

1918 年 5 月 29 日

Alberto Caeiro

最后一颗星消逝在黎明到来前

最后一颗星，消逝在黎明到来前，

我毫无波澜的双眼，望着你颤动着露出泛白的蓝，

我见你独立出现，不肯与我有染，

我得以看到你，因而无比欢喜

若非看到你，绝不会有这般"好情绪"。

与我而言，你的美好藏在你身体里面。

你的宏伟存在于你身体里面，

全然独立于我之外。

152

1918 年 5 月 29 日

瓢里的水晃晃荡荡，发出声响，

被我放到唇边。

把瓢递给我的人说"这声音很清凉"。

我扬起嘴角，那动静不过是晃荡。

我将水喝下，喉咙里未出现一丝声响。

1918 年 5 月 29 日

瓢里的水晃晃荡荡

Alberto Caeiro

真与假，确定与不确定

Alberto Caeiro

真谛、假话、确定、不确定……

这些词汇，路上的盲人是知道的。

我在台阶最上层坐着，

交叉的膝盖上隔着握紧的双手。

好吧，那么，真谛与假话，确定性与不确定性到底为何？

盲人停下脚步，

膝盖上的那双手松开了。

真谛、假话、确定，不确定，无差别吗？

现实的某个部分——我的双手与膝盖——变了。

该用哪种科学来解释？

盲人迈出步子，我的双手没有做其他事。

相同的瞬间不存在，相同的人不存在，

任何相同都不存在。

这便是事实。

1919 年 4 月 12 日

一个女孩的笑声

在路上，一个女孩咯咯直笑，

声音在空中萦绕。

她因为听到的话而笑，

来自某个不在我视线里的人。

我当下记得，听到了。

可要是有人对我说，

路上回荡着女孩的咯咯笑声，

我会告诉他们：

错了，那是大山，

是日光照耀的大地，

是太阳，是这里的那所房屋，

然而我只听见

脑袋两侧的生命里

血液静静流淌的声音。

1919 年 4 月 12 日

圣·约翰之夜

Alberto Caeiro

在院墙那边的圣约翰之夜，

不在这边，在这边的是我。

圣约翰在人们为他庆祝的那边。

与我而言，只有暗夜篝火的光影，

他们的欢声笑语，咚咚的脚步声，

还有某个间或响起的喊声，

一个不知道我在这边的人。

1919 年 4 月 12 日

156

神秘主义者啊，你从一切事物中皆发现意义。

在你眼中，一切事物皆有隐义。

在你眼中，一切事物皆夹杂着某种秘不可宣的东西。

被你看到的，始终能被你看到，

所以其他东西也能被你看到。

至于我，双眼只负责观看，

因而无法从任何事物中做任何发现；

得知这一点，我偏爱这样的我，

只因成了某个事物就没了意义。

成了某个事物，解释便失去了影响力。

1919 年 4 月 12 日

山坡上的牧羊人

Alberto Caeiro

山坡上的牧羊人，

你与羊群在我的远方——

你仿佛怀抱着幸福——属于你，还是属于我呢？

我因为见到你而安宁，它是你的，还是我的呢？

不是的，牧羊人，

它不是你的，也不是我的。

拥有的它是幸福与安宁。

你不知它是你的，所以它不属于你。

我知道它是我的，但它也不属于我。

它就是它自己，笼罩你我，犹如日光

照在你背上，给予你温暖，可你却在琢磨其他什么，

照在我脸上，带给我迷茫，可而我只惦记着太阳。

1919 年 4 月 12 日

一朵玫瑰花，后折的花瓣，

被人称作天鹅绒。

我俯身拾起地上的你，拿到眼前良久注视。

我的花园里从未有过玫瑰花：你是随哪阵风来的呢？

我不打招呼地远归。难受了一刹那。

当下无风，何以吹来了你。

而你此刻却在这里。

以前的你和眼下的你不是同一个你，

若非如此，出现在这里的应该是整朵玫瑰花。

1919 年 4 月 12 日

Alberto Caeiro

太阳升起的前夕

太阳很快就要升起，

在那之前，天之蓝泛着绿

日落的西方，则是泛白的蓝。

事物真实的颜色为双眼所见——

浅淡的灰蓝色的月光，而不是白色。

我庆幸我所见来自双眼，而非书本的字里行间。

像孩子一样，还没有被培养成人，
我对自己的所见所闻
保持忠诚。

像孩子一样

Alberto Caeiro

生活在当下

Alberto Caeiro

你说，生活在当下；

唯有生活在当下。

可我要的不是当下，而是现实；

我要的是实实在在的东西，而非测算它们的时间。

当下到底是什么？

它是一种关乎从前，也关乎未来的东西。

是基于别的事物的存在而存在的东西。

我要的不是当下，而是现实和事物本身。

我不愿让时间加入我针对事物所做的计划。

我不愿将事物视为当下；仅视其为事物。

我不愿使它们和自身分离，将它们视为当下。

甚至，我不应当视其为真实的存在。

不应当视其为任何事物。

我该做的是观看，单纯地观看；

看着它们，直至不思索它们，

看着它们，抛却时间乃至空间，

观看，可以摒除一切，只保留所见之物。

这便是观看的科学，

可那又不属于科学。

1920 年 7 月 19 日

隐秘之物

Alberto Caeiro

他们说，隐秘之物存在于任何事物之中。

是啊，它只是它，隐秘之物，

不在其中。

然而我有感觉、意识与思想，

我看起来像事物吗？

我的身体，什么多，什么少？

倘若我只是自己的身体，

我一定会心满意足，开心不已——

可我同时还是其他事物，

或多或少于"只是"那般。

我有什么，或多些，或少些呢？

它没有被流动的风意识到。

没有被有生命的植物意识到。

也没有被活着的我意识到，

164

而我意识到我活着。

那么，我是知道自己活着，还是知道自己知道呢？

我呱呱坠地，我存活于世，我终有一死，

受控于不可言说的命运，

我感觉，我思考，我运动，

但在某种外部力量的驱使下，

那么，我到底是谁呢？

我、身体、灵魂，

是某种内在的外部表现形式吗？

可能我的身体——和其他身体不同——

意识到了宇宙之力，而那正是我的灵魂？

在一切事物之中，我存在于哪个角落？

我的身体难逃一死，

我的大脑终会瓦解，

变成无形的抽象的非个体的意识，

Alberto Caeiro

隐秘之物

我不再感觉，我所拥有的我，

我不再动脑思考，我自认为的我的想法，

我不再听从自我意志，挥舞我曾挥舞过的手。

我将以这样的方式消失吗？我不得而知。

假如我只能如此消失，那感觉肯定很不好

它肯定不会让我得到永恒。

1922 年 6 月 5 日

若想看见河流与原野

Alberto Caeiro

若想看见河流与原野

只是开窗可不够。

若想看见花草与树木

只是眼明可不够。

你还得抛弃全部哲学。

哲学让你看不见树，只得到思想。

只有我们在这里，好似酒窖一间。

唯一的窗户关着，外面就是全世界；

要是开了窗，你所见将是梦一场，

当你开窗，它绝非你所见的那样。

1923 年 4 月

雪覆盖了一切

Alberto Caeiro

一切之上，覆了一层静谧的雪毯。

除却屋里所发生的事，其他无从感觉。

我用雪毯裹住自己，不做任何思考。

我生出动物般的愉悦，神思恍惚，

我睡了过去，如同世间一切活动，

并不是没有用。

暴风雨后日来袭的第一个预兆。

白云起初低着头浮在昏暗的空中。

它们是后日来袭的暴风雨的一部分吗？

我笃定，笃定那是假象。

所谓笃定，便是不看它。

后日尚不存在。

这里只有：

蓝色的天，夹杂着些许灰暗，

白云几朵飘在地平线上，

下部不太干净，就像是会慢慢变黑一样。

今日的情形大抵如此，

因为今时今日便是此时此刻的全部，即一切。

无人知晓，后日的我是否还活着？

假如死去，那么相对于没死而言，

后日来袭的会是另一场暴风雨，

我自然明白，暴风雨不因我所见而落下，

暴风雨后日来袭的第一个预兆

Alberto Caeiro

但若我从世间消失，那世界便会改变——

少了我——

而暴风雨则会在另一个世界落下，以另一场暴风雨的

身份。

不管会有什么事发生，

落下的都是落下时注定要落下的。

170　　　　　　　　　　　　　　1930 年 7 月 10 日

我不是不知道怎么做猜想。

一切事物当中，都能找到某种激励它自身的东西。

对植物而言，它是一位存在于外部的精灵。

对动物而言，它是一个存在于内部却遥不可及的生灵。

对人类而言，它是灵魂，它与人共生，它就是他。

对诸神而言，它的尺度与空间无异于身体，

且与身体是同一样东西。

所以人们说，诸神永生不灭。

诸神只有身体，而非无身体无灵魂

所以他们完美无缺。

在他们看来，身体即灵魂

他们用神圣肉体储存着意识。

1922 年 5 月 7 日

Alberto Caeiro

最后一首诗

（去世那天，诗人的口述）

或许，这就是我生命的最终之日。

我将右手抬起，去迎接太阳，

不过，我不是真心在迎接，也不是在告别。

我只是在告诉它，我依旧爱看它，别无他意。

1920 年前

你若是拥有花，便无需拥有上帝。

被直接感知到的一切，会送来新的诗句。

异于一切，又无异于一切。

或许对于江河与草木而言，精灵就是未来。

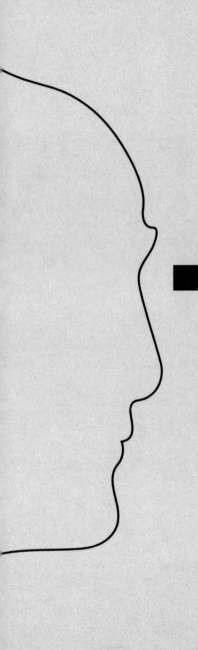

里卡多·雷耶斯的诗

Ricardo Reis

日日重复的不变的生活。

丽达，降临在我们身边的

和没有降临在我们身边的

万事万物皆一如既往地降临着。

摘下，那果实会被摘下；

不摘下，那果实会掉下。

我们探索也好，等待也罢，命运始终

是不变的。我们今日所拥有的，

自身的命运始终

以一切形态超越我们，

是我们征服不了的。

潘神还活着

Ricardo Reis

潘神还活着。在一片片土地上，朝阿波罗笑

展示着谷神赤裸裸的乳房，你总有一天会得见永恒的

潘神，走到人前。

可悲的基督教徒的神，没有加害于其他所有神。

基督是比诸神更大的神，可能还是个逐渐丧失的神。

潘神的笛声依旧被

大地上玉体横陈的谷神听见。

诸神都一样，一直冷静且透彻，满怀永远，藐视你我，

塑造了白天与黑夜，还有那金灿灿的收获

但不是为了我们，那白天，黑夜和麦子潜藏着

别的某些偶然却神圣的目的。

1914 年 6 月 12 日

大师啊，我们失去的每一段岁月都静如止水，

就像被花瓶装着，倘若我们将花朵置于会失去之处。

我们的生活中既无悲伤也无喜悦。

那么就让我们懂得，理智地放弃惦记，

不思考怎么生活，只是度过，

一直保持着安宁与恬静，像个孩童似的

让双眼充满自然……

沿道路或河流走着

不管身在何处，我们始终不变初心，安宁地让生活

度过……

飞逝的光阴

从未对我们说过只言片语。我们就已渐渐老去。

让我们换上某种顽皮的神情，学会怎么感受这垂垂

大师啊，静如止水——致阿尔贝托·卡埃罗

老矣。

没有目的地做着事情。

无人能将暴戾的神阻止，它一直都以儿女为食。

让我们把花摘下。

让我们在静静流淌的河水中，轻轻沾湿自己的手，以

效仿它们的安详。

向阳花始终向阳，我们平静地向生活道别，

毫不遗憾，活过。

1914 年 6 月 12 日

雪覆在朗日照耀的远山上，

静谧的寒意渐渐柔和

悬日的飞镖被它磨得平整，又磨得尖利。

时至今日，涅埃拉啊，让我们放弃躲避：

只因我们不是真实的，

无需任何事物。

我们憧憬这种不真实，

在朗日下感受天寒地冻。

纵然如是，还请让我们享受这一瞬间，

我们欢畅中的几分肃穆，

静待死亡，

如同静待某件已知晓的事。

1914 年 6 月 16 日

万事万物皆在各自的时光中

万事万物，皆在各自的时光中，皆有各自的光阴。

冬天的树开不了花，寒白的冰覆盖不了春野。

丽达，我们在日间所需的热，不属于渐渐降临的黑夜。

要以更宏大的安宁爱我们未知的生活。

炉火旁静坐，并非受工作所累，只是时候倦怠了，

不要让你我的声音比一个秘密更多。

我们记忆中的那些话（是我们从太阳的黑色分离中得

到的一切）

可能偶尔会被断断续续地提及。

让我们慢慢回忆，那些说过的事便有可能再次记起，

化作现在诉说的事，告诉我们在许久许久之前的小

时候

我们观看世界之时，怀揣着别样的欣喜和别样意识把

万事万物皆在各自的时光中

花儿拾起。

所以啊，丽达，请在炉火旁静坐吧

好似永不离开，平凡的诸神让我们像补衣服一样修补

往昔

在必然会给我们带来生活的不安之中

当我们的所作所为足以反映我们为何物，那时，

外面的天刚刚暗去。

1914 年 7 月 30 日

Ricardo Reis

以飞快的步伐

以飞快的步伐，在翻着混黑泡沫的白沙滩上
想起了，那光着脚发现的遥远过去的节拍，
那节拍被动人的精灵们重复着，是她们
在绿荫地下轻轻踏出舞步声；孩子啊，你
还没学会用心凝视，让那聒噪的循环重获生命，
当阿波罗俯下身去，如高处的树枝一条，
他被镀上了弯曲的蓝色的线
随着潮汐，起起伏伏，永远地流淌下去。

1914 年 8 月 9 日

一个个被逼迫的浪花，在它们墨绿色的行动中蜷缩着
白色泡沫发出嘶嘶声，向褐色海岸翻涌。

一朵朵云从圆圈行动中悠然地脱离
太阳在松散的云之间，向天空放了一把火。

没有注意到我，我也没有注意到她，这个大晴天想要
做的
是拿走一些藏在我感觉中的消失的光阴。

然而一阵稀松且莫名的痛
一时间驻足在我的灵魂的入口
简单地看了看我，而后飘然远去，朝着虚无露出欢喜。

一个个被逼迫的浪花

1918 年

一首诗的复述

Ricardo Reis

一首诗，复述着冷风一阵和草原夏日，

以及空无一物的晒着太阳的灵魂的院落……

或是，在冬日覆满雪的山头的远处，

我们围炉而坐，唱起古老的传说，

以及一首道尽所有的诗歌……

除却这些，这些虚无，诸神所赐的快乐不过是少数。

当然他们也认可

我们无需他物。

186

1921 年 1 月 21 日

果实是从活树上来的，并非愿望的意识产物，
它从内部深处找来灰色的花装扮自己。

你天马行空，在思想与事物中打造了如此多的领域！
但很多都不再是你的，许久之前就被摒弃，甚至从未
属于过你。

庞大的对立面压着你，使你无法在既定目标范畴之外，
创造更多目标！
放手吧，做自己的主人！

1926 年 6 月 6 日

果实从活树上来

Ricardo Reis

Ricardo Reis

任何停止都意味着终结

任何停止都意味着终结，

但终结属于我们，假如它为了我们而停止。

树丛枯而死去，同时带走了我们生命的一部分。

我所见之中，唯有部分的我尚得以保留。

不管我所见为何，它消失的同时，我也在消失着，

我所记得的无法从我所拥有的当中辨认出我所看见的。

1928 年 6 月 7 日

虚无的虚无还在。

而我们便是虚无。

我们在光和空气中

姑且抛开了

湿漉漉地球那令人窒息的幽暗

我们无奈地忍受着它的重量——推迟尸体的产生。

往日的法则，膜拜的塑像，写好的颂歌——

无不有独属于自己的葬身之处。假如你我，

存在于内的、一轮烈日的血液所促生的囤积的肉体，

终有一日会堕落，那么它们又怎么可能不堕落？

你我是讲着故事的故事，是缥缈虚无

虚无的虚无还在

Ricardo Reis

1932 年 9 月 28 日

在不真实的那些年

Ricardo Reis

在不真实的那些年，

不真实的四季兜兜转转，

在时光流淌的

永远之中。

焦金流石过后是绿树成荫，

绿树成荫之后是焦金流石，

无人知晓先来的哪个，

后继的哪个，

又是怎样结束的。

达成须达成的命运

人啊，达成须达成的命运，憧憬所憧憬的命运；

没办法达成所憧憬的，也不会憧憬须达成的。

犹如花园旁的石头

我们不得不听从命运的安排，存在于某处，

命运将我们安排在我们必须存在的某处。

我们得以明白我们得到的一切大抵都是应该得到的。

我们得以达成了自我。

定不奢求不曾被赐予的所有。

要
变
得
完
整
且
了
不
起

要变得完整且了不起：你的每个部分都不应被夸大，
或被抹去。

任何事都要善始善终。将你所是的一切融入微小的
举动。

一个个湖泊中的满月亦复如是，拥着轻盈柔和的生命，
流光熠熠。

192

1933 年 2 月 14 日

悲痛交加

我们渺小的生命被混乱所掩埋，悲痛交加啊！

遭遇屡屡残忍地降临在我们身上！

动物真是幸福，可以自行隐藏，

在绿野中填饱肚子，然后走向死亡，

犹如死亡才是归宿；那些有识之士，在科学中迷失，

在我们之上打造了琐碎的苦日子，

好比一缕青烟朝着虚构的天堂，抬起了裂开的胳膊。

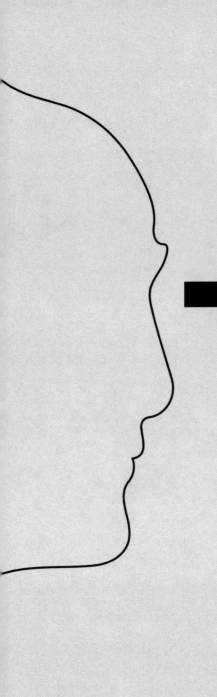

费尔南多·佩索阿的诗

Fernando Pessoa

微倾的雨

Fernando Pessoa

1

那番景象穿行在我梦里空阔的海港

我从花的绚烂中望见了巨轮

一艘艘离港，携带着日光映照的

海面上浮现的古木的身影……

海港在我梦里黯淡阴晦，

从此处遥望，那番景象却璀璨夺目……

给我的印象，今日的骄阳就是阴晦的海港

离港的巨轮就是光影中的古木……

脱离双重幻象，我径直滑到那番景象的下方……

海港的真相，是一览无余的寂静

如墙矗立的一条小径，

船在树干上游走，既垂直又平行，

在枝叶间穿梭，在海面刻画数不清的波纹……

Fernando Pessoa

我梦里的我到底是什么人，我不得而知……

海港里的水忽而清明

我得见那底部，犹如不断蔓延的巨幅画作，

覆盖了那番景象，成排的树木，闪动在海港的小径，

比海港更老旧的船的影，

从我所梦的海港与我所见的景象之间，

穿过，靠近，驶入我，

直到我灵魂那侧……

2

教堂里的灯在这日的雨里被点亮，

每点燃一支蜡烛，

便是多一些雨落在窗上。

雨落下的声音让我欢喜，

因为雨是光芒万丈的神圣殿堂，

于外所见的教堂雨窗，

就是于内所闻的雨的声响……

富丽堂皇的主祭坛化作雨帘中——

罩在祭坛上的布泛着金色的庄严 —— 不为我见的

山岗……

唱诗班的歌声回荡在拉丁语和敲窗的风里

合唱中依稀可辨雨的奏鸣……

弥撒是途经此地的一辆车

微倾的雨

Fernando Pessoa

掠过那些跪在今日哀痛的虔诚的人……

一股劲风掀起更加光辉的摇曳

但一切动静都被淹没在教堂的弥撒,

和雨里,就连神父那如水的声音也不例外,

如同消失在远方的车轮驶过的声音……

不再下雨了

教堂里的灯被熄灭了……

3

这张纸里面，

古埃及和它那了不起的斯芬克斯正做着梦……

我执笔书写——她借我透明之手，让我得见

金字塔崛起在纸的一隅……

我执笔书写——我震惊于钢笔尖在我视线里

化为胡夫法老的轮廓……

我一时间无法动弹……

万事万物都变得昏暗……我坠入了时光制造的深渊……

我匍匐在金字塔下，青灯一盏伴我落笔成诗

我的笔在舞动，埃及借此向我施压……

斯芬克斯朝自己纵情欢笑，我得以听闻

笔在纸上沙沙地奔跑……

一只大手以不为我所见的事实，

Fernando Pessoa

微倾的雨

将所有东西清扫，拢入我身后天花板的某个角落，

在我所书写的这张纸上，在我所使用的这支钢笔下，

胡夫法老的尸体静静躺着，睁着眼看我，

我们注视着彼此，尼罗河流经此间，

一支热闹欢腾的船队，挂着各式旗帜

顺着我本身和我所思之物前行

画出一条隐隐约约的对角线

……

失去光泽的金色的胡夫法老和我

一同的葬礼！

4

手鼓在悄然无声的房间里咚咚作响……

墙在安达卢西亚赫然耸立……

光在没有移动的闪烁里跃动出感官之舞……

一切空间陡然静止，

停下，滑动，打开自身……

从屋顶那看上去远过现实的角落，

一些秘密之窗被苍白的手打开，

紫罗兰在藤蔓上垂落，

只因在闭上眼的我的上方

外部世界的春天安排了夜晚。

5

光漩涡的外面是那匹盘旋的木马……

我的里面是山上静止的舞步，还有树木和石头……

灯火辉煌的集市之内是确凿无疑的夜，

艳阳高照的白天之外是明月洒下的光，

集市里的一盏盏灯在花园的墙上提取喧闹……

一群头顶罐子的姑娘

路过墙外，淋着月光

走进拥挤的人群——夹杂着小摊上的灯光、夜光

与月光，

两个群体相遇，交错，然而融合……

集市及其中的灯光与人群

还有那紧握集市并将其抬到天上的夜

在被月光浸湿的树梢上游走，

在洒满月光的岩石下若隐若现地漫步，

在姑娘们头上的罐子背后映现，

集市上空的明月的光是这个春天的全部景象，

而这个集市的全部，光亮和声响，

是阳光普照的大地……

两个被叠加在一起的时刻猛然晃动，仿佛有人在摇

骰子，

两粒被混合的现实的粉末掉落在我手中

那握着海港图卷的我的手

正在离港的船将一去不返……

手指上是非黑即白的金粉……

双手是那个从集市离开的姑娘的步伐，

她独来独往，如今日般心满意足……

6

指挥棒被指挥家举起，

悲伤又疲惫的乐曲被奏响……

我因此而记起小时候，

在后院玩乐的一天，把一只球抛向院墙……

球的一边

是一只绿狗在游动，另一边

是一匹蓝马和它身上的黄骑士……

乐曲尚未停止，在我的小时候

我和指挥家被白墙一道猛地分开，

球弹出去又弹回来，

这一秒是绿狗游走，

那一秒是蓝马驮着黄骑士……

一整个剧院都被后院霸占，在我的小时候

举目即是，那只球开始演奏乐曲，

悲伤又模糊的乐声回荡在后院

时而化为绿狗，时而化为黄骑士……

（我和乐手之间是球在飞旋……）

小时候的我抛出了它，它

在我脚下的剧院穿梭

而绿狗、黄骑士，还有

被院墙弹开的蓝马

是它的玩伴……而乐曲将球扔回了

我的小时候……墙是被挥舞的指挥棒

发疯般转着圈的绿狗、

骑着蓝马的黄骑士……

剧院的全部是一面白色的音乐之墙

绿狗一只在那里追赶我对小时候的

微倾的雨

Fernando Pessoa

眷恋，骑着蓝马的黄骑士啊……

从这边到那边，从右边到左边，

从枝头有乐队演奏的树林

到卖给我球的店铺里成排摆着球

老板在我记忆中的小时候轻轻地笑……

乐曲戛然而止，如垮掉的墙，

我的梦也戛然而止，球在梦中滚落悬崖，

蓝马之上，指挥家，变成黑色的黄骑士，

当指挥棒被搁在潜逃的墙上，他微笑着弯腰道谢，

一只白色的球从他的头顶，

到他的背后，滚下来，失踪了……

翻涌的波涛小了些，

回到了把你带来的那片海，

在你退下的时候四散晕开，

似是那片海不存在——

是什么原因，让你在归途中，

只领走了你的消逝？

是什么样原因，让你没有以同样的方式

面向古老的那片海，把我的心也领走呢？

它属于我很久了

我被迫感受着它，因而疲惫不堪。

所以把它带走吧，从那呢喃中

它让我洞悉了你逃走的声音！

随写的诗句

在思乡之情中暂时活着

一如活着的日子……

你我都是空船，犹如一缕

散着的发丝被固执又

漫长的一阵风不断推动，活着

却不知所感或所需……

关于这一点，请让你我自己领悟

就像一池静水

平卧在萧索的天空下

一番简慢的景象里，

而你我的自我意识

无法再被欲望叫醒了……

如此一来便等同了所有时光

在它的全部幸福中，

我们不再拥有你我的生活，

它只存在于结婚之前：一片斑斓，

一阵芳香，一场枝叶的颤动，

而死亡还在蹒跚，不会突如其来……

那意味着不会有什么事

发生了……命运

悬挂在你我头顶也好，

隐约中悄然埋伏在远方也罢，

没什么不同……这一瞬间……

让我们是它……但思考又有何益呢？

1914 年 10 月 11 日

我拥有一台奏乐的钢琴

还有乐曲背后的笑声。我驻足于

我的梦境并观赏：它飘摇着

从那栋大楼的第三层而来。

这些少不更事的声音带着那么多快乐！

是伪装的？我何从知晓？

他们的快乐令我跟着妒忌战栗！

是因循守旧的吗？可我没有。

那栋大楼第三层的他们

可能很幸福。我

由此经过，像梦到别的国度一样

梦到了那个家。

1915 年 6 年 24 日

虚无

1

啊，那轻盈柔和的演奏，

宛如有人呜咽欲哭，

一支歌曲，从技艺

与蟾光中荡出……

虚无促使我们忆起了

生活。

谦卑有礼的前奏

或浅浅淡淡的笑容……

抑或远方某处透着寒意的花园……

然而在洞悉它的灵魂之中，

不过是它怪诞的回声毫无意义地

飞舞。

虚无

2

我是谁，我现在不得而知。我在梦里。

我已睡去，沦陷在自我感觉之中。

安详的时光，我的思想不记得它在思考什么，

我的灵魂也失去了魂魄。

我要是存在，那么在梦中知道就是错误。

我要是醒了，那么我觉得我出了错。我只能待在不知

道的范畴里。

没什么是我想得到、持有或记住的。

具有在场性的生命与法则不属于我。

在想象的间隙，一瞬间的觉醒，

我困于幻影之中。

还在沉睡，对于他人的心，已然忘却

我的心啊，不是其他任何人的！

虚无

3

我听到，夜风如山呼海啸。

我觉出，那是在高空之中，

我无从知晓，谁人的长鞭在敲击我无从知晓的种种。

所有的都能听到；所有的都不为所见。

万物皆具相似性与象征性。

怒吼的风，冷酷的夜

是迥异于风和夜的别的事物——

是存在与思想的影子。

万物借故事讲述了

它们不愿讲述的一切。

不知我的思考破坏了怎样的戏剧——

一场正由风与夜演绎的剧目。

我听到并思索，我听着并做着无用功。

虚无

万物都在轻柔地嗡嗡作响。

风不再喊叫，夜还在前行，

白天来临，而我隐姓埋名地继续存在。

然而，已经发生的事，远远超过了这些。

　　　　　　　　　　　　1923 年 9 月 24 日

国际象棋

Fernando Pessoa

小兵们踱入静夜，
困顿却满怀想象的情谊。
它们会身着皮毛、外套与夹克
返回住处，讨论虚无。

身为小兵的它们被命运安排
一次只能走一步，除非
对角线上站着另一个，
把它吃掉，开辟一条新的路。

尊贵的棋子那永远的主题，
好比象和车，快速地远距离地走动着，
霎时间被命运压制
在寂寞的征战路上，完成最后的呼吸。

这个还有那个，一直在前进，

国际象棋

Fernando Pessoa

挽救着另一个的生活，而非自己。

游戏尚未停止，对颗颗棋子漫不经心，

用冷酷的手挪动，以相同的方式。

接着，皮毛或绸缎下的惹人怜的小兵

将！一局完毕，劳累的手

将对面无意义的棋子整理，

不过是个游戏，虚无是它的结局。

1927 年 11 月 1 日

猫在街上玩

Fernando Pessoa

猫在街上玩

把它当作了床，

我敬慕你，还有你的幸运，

因为那本质上并非幸运。

那最危险的法则的奴役

操纵着石头，还有人类，

你受控于本能

唯能感你所感。

这便是你幸福的缘由。

你所拥有的虚无，都为你所有。

我凝视着自我，而我在躲避。

我很熟悉自我：而我已经不是我了。

1931 年 1 月

开始

柏树下的你并未成寐，

因这世间本无睡眠。

你的身体

是衣服的阴翳

潜藏着深处的自我。

黑夜——是死亡——降临，

阴翳不见踪影，化为不存在。

你无所察觉地走进黑夜

宛如你简朴的自身轮廓。

在奇异宾馆，

你的披风被天使们取走；

你的肩头少了披风，别无他物

能将你掩藏。

马路天使
把你剥得精光，让你赤裸着，
你身无寸缕，一无所有：
唯有那身体，它就是你。

在洞的最深处，
上帝的盘剥更透彻。
你的身体，灵魂的外在，被叫停，
而你深知它们等同于你。

在命运之国，
你衣服的阴翳
在你我之间停留。

開始

Fernando Pessoa

柏树下的你不是尸体。

你是新来的信徒，不是尸体。

1932 年 5 月 23 日

不思考的人会很幸福，毕竟生活只是

与其有关且护其周全！

如动物般行动的人会很幸福！

更美满的并非有儿女，而是有信仰，

它不认识你，也不知你所需。

不思考的人会很幸福，毕竟他们只是存在，

而存在不过是对某个意空间的占据

不包括与所占据的空间有关是意识。

Fernando Pessoa

不思考的人会很幸福

1932 年 6 月 29 日

海鸥朝大地飞来

Fernando Pessoa

海鸥朝大地飞来。

他们说是下雨的预兆。

但雨尚未从天而降。眼下

有海鸥在大地的近处

飞行——事情就是这样。

并无不同,当幸福来临,

他们说悲伤已上路。

也许如此,又能如何?假如

今获圆满,悲伤

会去填补何处?

它不会去填补。它是明天的事物。

它的降临令我悲伤。

今天,美好又单纯。以后的日子

不是今天的事物。我和它之间

一堵墙赫然存在。

赏识你所拥有，喝下你之存在！
让以后安于其位。
诗与酒、佳人与志愿——
凡是你所需，只要存在，
就是为了得到你的赏识。

明天啊，明天……明天是……
明天会为你带来什么。当下
坦然接受，清空意识，然后去相信！
如那海鸥，近地飞行，
只是飞行。

1934 年 5 月 18 日

Fernando Pessoa

美得惊人的寓言

Fernando Pessoa

许久之前，他们对我说起的

美得惊人的寓言

依旧沉睡在我的灵魂中，

不过已化作不同。

起初的寓言讲的是

天女、土地神与小矮人；

而今的它说的是

我们那像奴隶一般不稳定的自我。

然而，在适度的审视后，

天女、土地神与小矮人，

莫非是自我的

一种不稳定的错觉吗？

我们通过创造而得到

Fernando Pessoa

美得惊人的寓言

因为我们惋惜不断的失去，

我们想要看到的所有，

恰是我们暂停观看的一切。

然而，身心俱疲

因为看见的只是幻影，

于是，我们将所有窗户紧闭

把封条贴在灵魂里。

幻影虽然已不见，

但其介入的影像

却还在手舞足蹈，而且规模庞大，

不过只存在于，我们的内心。

1934 年 6 月 9 日

向讲述一切的人讲述虚无 *Fernando Pessoa*

向讲述一切的人讲述虚无——
可虚无，永远无法被完整讲述。
用天鹅绒组成的一个个词汇
是什么颜色，没有人知道。

向那些展露灵魂之人讲述虚无……
灵魂便无法展露。
忏悔的目的是将不安清除
让我们得以听见自我的陈述。

万事万物皆皆是谬误。
它不过是一个陀螺，
街头的孩童将它释放，
只是想看看它怎么转动。
它转动着。将虚无讲述。

1934 年 10 月 11 日

自由

Fernando Pessoa

　　你提了个问题，什么是自由？它的意义是不做万物的奴隶，需要也好，选择也罢；它的意义是以平等为前提推动命运一直走下去。——致卢齐利乌斯，辛尼加《使徒书》。

将一项工作放下，不去做它

找本书看，但没必要苦苦钻研，

这便是件畅快的事！

阅读令人腻烦，

而钻研却算不上什么。

太阳散播文学

或非文学的金色光芒。

流水行云，或疾或徐，

看不出一开始的模样。

清风和畅，那么自然地

属于黎明时分，它拥有

自由

Fernando Pessoa

时光，不慌不忙。

书籍只是点染了墨水的纸。

钻研便恍惚地辨认

空洞与虚无。

不是很好吗，只当它是迷蒙的，

将塞巴斯蒂安大帝等候，

不管他会不会出现！

诗和舞，还有善行

都是了不起的东西，

然而世上最伟大的是孩童、

花朵和乐章，还有日月的光辉，它若是凋零

而非促生事物，那才是不必要的。

更进一步的伟大属于

耶稣基督，

就像我们知道的那样，他没学过

金融，也没进过图书馆……

1935 年 3 月 16 日

所有的美，即便存在也是梦一场，

因为它始终比自己更大。

你身上为我所见的美

没在此处，而是近在我身边。

你身上为我所见的美，

居住在我所梦之处，

与这里有遥远的距离。

倘若你存在，

我也只是知道你的美

因为它只会出现在我梦里。

美是一段旋律，被听见

在梦中，充盈着生活。

可它并非实实在在的生活：

仅仅是如梦似幻的生活。

有一种痛，远比一切病痛更严重；

一种无法察觉的痛，甚至不存在于灵魂之中，

所以病痛加起来也不如它们严重。

有一种不安，是梦的延伸，

远比生活的不安更真切；

有一种感觉，是想象所感知的，

远比我们真正的生活更多地属于我们。

有无数而今已消逝的事物

依旧存在，一直存在

且始终是我们的，它们就是我们……

宽广的河面，湿滑的绿意之上

海鸥高低起伏，留下白色的记号

我灵魂的翅膀虽没什么用，

但在它们的振动之中

有一种痛，远比一切病痛更严重

那些不曾是也不可能是的事物，却是一切。

快拿更多的酒给我，生命不过是一种虚无。

圣诞

圣诞
Fernando Pessoa

上帝诞生了。别的都死了。本体

没有来，也没有走：一个出了纰漏的调转。

我们现在拥有另一种永远，

好过一直经过的那一个。

在这无用的地球上，运转着盲目和科学。

狂热和虔诚正在复活崇拜者的梦。

新上帝，是一个单词，或者只是一个声音。

别追求也别相信：这一切不过是虚无罢了。

注解

1

任何工作在任何方面都没有用。

没用的风，撩动没用的叶，

诉说着你我的奋斗与平凡。

贡献也好，成就也罢，无不是天意。

基于你的自我，静心观看

孑然却无尽的可能性，

它无用地衍生出真实的东西。

静下心来，不必感觉，只需思索。

2

这个世界的定义者不是善与恶。

放下它们吧，被我们唤作上帝的命运

在被我们定义为"高高在上"的天堂里

操控着天堂，以及善恶皆非的世俗。

我们或笑或哭地穿行于生活，

或是皱起的脸，或是咸味的水。

凌驾于善恶之上，一切都是命运的安排。

Fernando Pessoa

3

在天上，太阳捻塑着十二道黄带，

永无止境地升降

在你我可见的地平线上。然而真实，

就像我们所知道的那样，

恰在我们所在之处。

你我的自我意识的臆想，

我们已将本能和知识掩埋。

而太阳，没有改动，甚至不曾弯折

那原本不存在于天上的十二道黄带。

238   1925 年 8 月 14 日

恍如隔世啊！

我甚至不清楚它是否属于此生……

想起意味着痛苦……

无法想起意味着煎熬……

没错，它就是你啊，

或者说，是扮演今日的你的那个人。

你光着脚丫

存在于你跟前那个瑟缩的身体上。

这一切绝无可能

发生，假如发生，

它会减轻生活的烦闷。

啊，你迷离的眼神！

你从身后送上的红唇！

恍如隔世啊

Fernando Pessoa

我再也想不出该怎么去爱，

因为在初始之处，

我未曾爱过它们。

然而这一切，应许着

庞大的感情漩涡，

只因我的目光不经意地掠过一条地毯，

而那地毯无异于一切事物，横陈在地板上。

1935 年 8 月 10 日

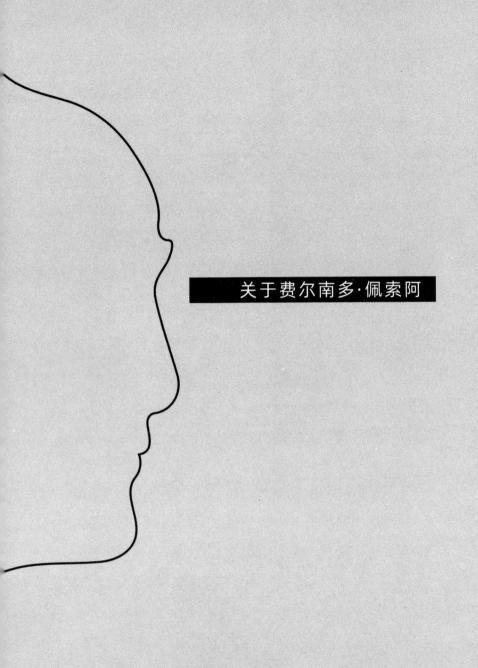

关于费尔南多·佩索阿

费尔南多·佩索阿
（1888—1935）

被誉为 20 世纪最伟大的葡语作家、诗人，葡萄牙后期象征主义的代表人物之一；被视为唯一可以与卡蒙斯比肩而立的诗人；为了纪念他，葡萄牙政府曾发行了以他头像为标志的钱币和纪念钞；

被评论家认为是"构筑整个西方文学的二十六位重要作家之一"和"二十世纪文学的先驱者"；文学评论家布鲁姆称，佩索阿与聂鲁达是最能代表 20 世纪的诗人。

在开普敦大学就读时，他的英语散文获得了维多利亚女王奖。他常去国立图书馆阅读古希腊和德国哲学家的著作，并且继续用英文阅读和写作，逝世于 1935 年 11 月 29 日。

费尔南多·佩索阿的一生

1888 年 6 月 13 日，费尔南多·安东尼奥·诺格伊拉·佩索阿出生于葡萄牙里斯本。

1888 年 7 月，受洗。

1893 年 7 月 13 日，佩索阿的父亲因肺结核去世。由于经济困难，家里不得不典当部分财产。

1894 年，佩索阿创造了自己的第一个异名舍瓦利耶·德帕斯。

1895 年 7 月，佩索阿写下自己的第一首诗《给我亲爱的妈妈》。

1896 年 1 月，母亲再嫁，对象是葡萄牙驻南非德班领事，佩索阿与母亲一同前往德班。

1897 年，在南非上小学，接受初级教育。

1899 年，进入德班中学学习；创造异名亚历山大·瑟茨。

1901 年 6 月，通过学校第一次考试，开始尝试用英语写诗。

1901 年 8 月，离开德班，回到葡萄牙里斯本。

1902 年 6 月，全家返回里斯本。

1902 年 9 月，返回南非，开始尝试用英语写小说。

1903 年，参加大学入学试，英文作文一科得到最高分数。

1904 年，结束在南非的学业。

1905 年，参加开普敦大学入学试，英语散文获得了维多利亚女王奖；定居里斯本，与姨妈一起生活，继续用英语写诗。

1906 年，考取里斯本大学文学院，攻读哲学、拉丁语和外交课程；母亲与继父回到里斯本，佩索阿搬去与他们同住。

1907 年，家人再一次回到德班，佩索阿与外祖母同住。

1907 年 8 月，外祖母逝世。

1908 年，从里斯本大学文学院退学；开始为商行撰写英文信件。

1910 年，开始用葡语、英语和法语写诗与散文。

1912 年，开始发表文论，在葡萄牙知识界引起争论。

1913 年，创作颇丰；创作静态剧《水手》。

1914 年，创作出异名阿尔贝托·卡埃罗、里卡多·雷耶斯与阿尔瓦罗·德·坎波斯；创作组诗《牧羊人》，开始创作《不安之书》。

1915 年 3 月，文学杂志《俄耳甫斯》第 1 期出版；"杀掉"异名阿尔贝托·卡埃罗。

1918 年，佩索阿发表英文诗，《泰晤士报》做了详细报道。

1920 年，结识奥菲莉娅·格罗什。

1920 年 10 月，严重抑郁，一度想进入医院治疗；

与奥菲莉娅·格罗什分手。

1921年，成立欧力西波出版社，准备出版英文诗集。

1924年，创办《雅典娜》杂志，佩索阿是主编之一。

1926年，与合伙人共同创办《商业与会计杂志》；为自己的发明申请专利。

1927年，与《在场》杂志合作。

1929年，与奥菲莉娅·格罗什重燃爱火。

1931年，与奥菲莉娅·格罗什再次分手。

根据目前的资料，佩索阿一生只谈过一次正式恋爱，对象是他的同事奥菲莉娅。

那年，奥菲莉娅19岁，通过招聘广告进入佩索阿任职的公司工作，32岁的佩索阿对她一见钟情，曾写下许多情书表明自己的情意，奥菲莉娅也对佩索阿十分有好感，甚至把他作为结婚的对象带到父母面前。

佩索阿却因此退缩了，他害怕婚姻带来的责任，害怕自己微薄的收入不能带给奥菲莉娅好的生活，两人因此分手。

1929 年两人在街头偶遇，重燃爱火，但佩索阿依然抵制不住婚姻带来的恐惧与责任，一年后两人再次分手。

佩索阿的爱情是柏拉图式的，尽管佩索阿很喜欢奥菲莉娅，但他知道自己并不能给奥菲莉娅幸福，也无力承担婚后的花销，最后只能以分手收场。

1934 年，出版《音讯》。

1935 年 11 月 29 日，因肝硬化入院。当天他在纸条上写下了"我不知道明天会带来什么"，这是他留给世界的最后一句诗。

1935 年 11 月 30 日，在医院病逝。

费尔南多·佩索阿的"异名者"宇宙

除了用本名进行创作外，佩索阿还使用了 72 个异名（也有研究称是一百多个）进行创作。

佩索阿的"异名"不同于普通的笔名。他不仅为异名者创造了身世，甚至还为他们创造了思想体系和写作风格，似乎确有其人，这在文学史上是相当独特的。

佩索阿曾在 1935 年 1 月 13 日给阿道夫·卡斯伊斯·蒙特罗写信，信中谈及"异名"的来源，小时候，佩索阿就喜欢幻想周围有一个虚拟的世界，身边有一些虚拟的人物和朋友，这些人都有各自的姓名、身世、个性、行为，对佩索阿来说，他们都很真实。他们是佩索阿想象出来的、想要摆脱自我的一种"人工符号"，是他者，而非佩索阿的自我。

这或许是因为佩索阿小时候过于孤独，才会虚构出这些"异名者"，以陪伴、抚慰自己的心灵。

佩索阿的每个"异名者"都有不同的个性，其中最为著名的三个异名者是阿尔贝托·卡埃罗、里卡多·雷耶斯及阿尔瓦罗·德·坎波斯。

　　阿尔贝托·卡埃罗是一个农民，他自然、真实，不像学院派那样故作姿态；他语言简单，虽然所能使用的词汇有限，但依旧可以进行诗歌创作；他反对形而上学，是一个感官现实主义者，抗拒神秘和无病呻吟；他反对沉思；他主张倾听自然，亲近自然，与中国道家的"天人合一"不谋而合。

　　里卡多·雷耶斯是一个受过良好教育的有学识的人，职业是医生。他是一个古典主义者，也是一个君主主义者；他坚持捍卫政治和文学的传统价值；他的诗歌很讲究韵律、格式和用词；他的笔下经常出现希腊众神，但他并不信仰众神，他只信仰命运。

　　阿尔瓦罗·德·坎波斯被佩索阿称为"大师"，他可能是最接近诗人真实内心和个性的"异名者"。

他出生于葡萄牙南部的小镇，曾在苏格兰的首府求学，是一位海洋工程师，多数时间在船上或者陆地上的办公室度过，喜欢环游世界，尤其喜欢东方；中年时回到里斯本定居。

他早年受颓废象征主义影响，后来受到未来主义影响，有大量歌颂机器和城市的诗作，再后来，他又变成彻底的虚无主义者，对现实世界充满绝望和不安。

除了这些异名者，佩索阿还有一个本名的"自我"，是他真正的性格，体现的是他自己对真理、存在及个性等深层哲学的思考。

大概可以这样概括他的异名世界：

卡埃罗是恒星太阳，雷耶斯、坎波斯和佩索阿或者其他的异名者是固定轨道上的行星。其中雷耶斯相信形式，坎波斯注重感受，佩索阿喜欢象征。而卡埃罗，他什么都不相信，也什么都不在乎，他只是客观的存在。

图书在版编目（CIP）数据

向讲述一切的人讲述虚无 /（葡）费尔南多·佩索阿著；徐慧译. -- 海口：南方出版社，2024．7.

ISBN 978-7-5501-9129-7

Ⅰ．I552.25

中国国家版本馆 CIP 数据核字第 20245KQ041 号

向讲述一切的人讲述虚无

XIANG JIANGSHU YIQIE DE REN JIANGSHU XUWU

（葡）费尔南多·佩索阿　著

徐慧　译

责任编辑：古莉

出版发行：南方出版社

社　　址：海南省海口市和平大道 70 号

邮政编码：570208

电　　话：（0898）66160822

传　　真：（0898）66160830

印　　刷：三河市九洲财鑫印刷有限公司

开　　本：787×1092 1/32

印　　张：8.5

字　　数：170 千字

版　　次：2024 年 8 月第 1 版

印　　次：2024 年 8 月第 1 次印刷

定　　价：68.00 元